KB170915

삼국수호전 1권

초판1쇄 펴냄 | 2019년 01월 30일

지은이 | 이진욱
발행인 | 성열관

펴낸곳 | 어울림 출판사
출판등록 / 2009년 1월 23일 제 2015-000062호
주소 / 경기도 고양시 일산동구 무궁화로 43-55, 801호 (장항동, 성우사카르타워)
TEL / 031-919-0122
FAX / 031-919-0127
E-mail / 5ullim@hanmail.net

ISBN 978-89-992-5276-1 (04810)
ISBN 978-89-992-5275-4 (SET)

목차

프롤로그

"무 행자."

온몸이 마비된 채 누워 있는 50대 사내가 다 죽어가는 목소리로 입을 열었다. 그러자 왼팔 없이 빈 소매만 나풀거리는 외팔이 사내가 대답했다.

"말씀하십쇼."

"화화상은 어찌 되셨는가."

"입적하신지 이미 달포는 된 것 같습니다."

"그런가……."

표자두(豹子頭) 임충(林冲)이 부들거리는 눈을 꾹 감으며 한숨을 푹 내쉬었다. 그러자 외팔이 사내, 행자(行者)

무송(武松)이 하나 남은 팔로 임충의 굳은 팔다리를 주물러주며 말했다.

"어차피 화화상이나 나나 표자두 형님이나… 너무 많은 동지들을 보냈습니다. 남은 일은 급시우 형님을 비롯한 동지들에게 맡기고, 편하게 지내시는 것이 어떻겠습니까?"

"동지를 떠나보낸 것은 급시우 형님도 마찬가질세, 무행자."

"그래서 이렇게 풍에 걸려 아무것도 못하는 형님이나 외팔이 신세인 제가 뭘 한단 말입니까? 이 몸으로 개봉에 가서 뭘 하시려고 하십니까? 그냥, 그냥 몸조리나 잘 하십쇼."

툭툭거리며 던지는 말투. 그러나 무송의 말에는 '제발 훌훌 털고 일어나달라'는 염원이 담겨 있었다.

그러나 한달쯤 전부터 서서히 굳어가기 시작한 임충의 몸은 다시 일어나기 힘들어 보이는 것이 사실.

"내 몸은 내가 잘 알아. 어차피 내가 이곳에서 더 이상 움직일 수 없다는 건 인지하고 있다네."

"그럼 괜한 말로 숨 헐떡이지 말고 한숨 더 자던가. 보는 제가 더 안타까워 보이는 거 압니까?"

"……."

임충의 눈동자가 데굴데굴 굴러 무송에게로 향했다.

이미 고개마저도 움직이기 힘들 정도로 전신이 마비되어

있는 상황.

말을 하는 것이 용할 정도로 그의 몸 상태는 심각했다.

"그래도 자네가 이렇게 옆에 있어주니 외롭지는 않구만."

"전부 이곳 육화사(六和寺)에 위패를 모신 동지들만 스물이 넘습니다. 형님도… 아마 그럴 겁니다."

"푸후. 후후… 켈록! 켈록!"

임충이 자기도 모르게 터져나오는 웃음을 참지 못하고 웃던 중, 결국 마른기침을 해댔다. 그러나 그는 꽤나 익숙한 일인 듯 숨을 적당히 고른 후 다시 입을 열었다.

"무 행자."

"네."

"자넨 꼭 천수(天壽)를 누리게. 살아서, 남은 동지들이 어떻게 살아가는지 지켜봐야 할게 아닌가."

"형님."

"자네가 부러워."

임충이 잠시 말을 끊었다. 과거의 그 화려했던 순간들을 떠올리듯 그의 목소리는 먹먹한 감동에 젖어들었다.

"벽력화, 쌍창장, 몰우전, 낭리백조, 적발귀, 급선봉, 구문룡……."

임충이 갑자기 죽어간 동료들의 별칭을 불러대기 시작했다.

"…천목장, 옥번간, 철적선, 청안호, 삽시호……."

그러자 무송도 휘몰아치는 감정을 이기지 못하고 뜨거운 눈물을 흘렸다. 무송에게 있어서도 다들 소중했던 동지들이었고, 형제들이었다.

"…일장청, 추군마, 반명삼랑, 험도신."

한때 양산박에서 함께 동고동락했던 59 호걸들의 별칭들이 모두 읊어졌다. 몸은 굳어갔어도 목숨보다도 사랑했던 동지들의 이름들만큼은 절대 잊히지가 않았다. 그리고 말을 마친 임충을 이어서 무송이 몇 마디를 보탰다.

"청면수, 몰차란, 백일서, 고상조, 선화아 그리고 화화상이 아주 돌아오지 못했습니다."

"고상조까지… 참, 그 친구. 고생 많이 했는데 말이야."

"형님이 쓰러지시고 나서 얼마 안 됐을 때였을 겁니다. 곽란(霍亂 : 콜레라)이라 하더군요."

둘은 이제는 다시 볼 수 없는 동지들의 이야기를 하며 밤을 지새웠다. 수많은 동지들이 죽었고, 108명의 호걸들 중 44명만이 남아 있었다.

64명의 죽은 동지들. 그들에 관한 이야기를 하자면 몇 날 밤을 새워도 모자랄 지경이었다.

"그러고 보니 경시족은 어찌 되었는가. 만나보았는가?"

경시족(瓊矢族)은 죽은 동지 몰우전(沒羽箭) 장청(張淸)의 아내 경영(瓊英)의 별칭이었다. 과거 전호(田虎)의 난을 토벌할 때 그녀의 돌팔매에 이마를 맞아 치명적인 부상을 입은 적이 있었던 임충이었다.

물론 그 후 화해하면서 그 누구보다도 가까운 사이가 되었으니, 남편을 잃은 미망인의 걱정이 되지 않을 수가 없었다. 그러자 무송이 인상을 찌푸리며 대답했다.

"어찌어찌 시신을 인계받아 장사는 치른 모양입니다. 만삭의 몸으로 충격이 컸을 터인데… 조카가 무사할지 모르겠습니다."

"괜찮아야 할 터인데… 나 또한 같이 살던 사람을 잃어본 사람으로서 그 슬픔을 잘 안다네."

"그러시군요. 고구와 그 양아들놈을 잡아 죽였어야 했는데."

"됐네. 그 사람도… 이제 곧 만날 수 있는데 원한을 삼아 무엇 하겠는가."

임충은 과거 양산박으로 들어가기 전에 사별한 부인의 고운 얼굴을 떠올리며 회한에 잠긴 목소리로 말하고 있었다. 말로는 되었다고 하지만 여전히 그는 '그때 내가 망설임 없이 고아내의 목을 베었다면' 등의 후회를 하고 있었다.

"나무아미타불."

무송이 낮게 불호를 외웠다. 그러자 공허한 눈빛을 하고 있던 임충이 피식 웃음을 터트렸다.

"자네도 이제 불자가 다 되었구만그래."

"저 행자입니다, 행자. 손에 피를 많이 묻혀서 그렇지, 제가 읽은 불경 권수들로만 따져도 형님 나이보다 많을 겁니다."

"훗. 한때 경양강의 호랑이를 맨손으로 때려잡았던 인간 맹수가 할 말인가?"

"흥. 그런 저를 발차기 한번으로 잠재웠던 사람이 누굽니까?"

"그랬던가?"

그리고 잠시간의 침묵. 그 정적을 깬것은 또다시 임충이었다.

"…무 행자."

"……."

무송은 갑자기 목소리를 낮추는 임충의 부름에 잠시 대답을 망설였다. 그리고 그가 고민하는 사이에 임충이 다시 입을 열었다.

"몇 번째 말하는 것인지는 모르겠으나… 천수를 누리며 살도록 하게."

"…거 참."

"그러면서 우리 동지들의 영혼을 위로해주어야 할것이 아닌가. 반란군의 칼에 죽어간 이들 그리고 몸도 돌보지 못하고 싸우다 병에 걸려 쓰러진 이들… 생각만 해도 가슴

14

아픈 일이 아닐 수가 없단 말일세."

"그럴 겁니다."

무송이 굳은 얼굴로 대답했다. 그러자 임충이 움찔거리는 입꼬리를 억지로 움직여 미소를 그렸다.

"고맙네, 무 행자. 그리고……."

무송은 임충이 무슨 말을 하려고 하는지 알 수 있었다.

"형수님 옆자리에 묻어드리지요. 걱정하지 않으셔도 됩니다. 편하게, 편하게 감으시지요."

무송이 말을 마친 후 자리에서 일어났다.

"불공을 드릴 시간이라 잠시 일어나겠습니다. 한숨 푹 주무십시오."

"그러지."

무송이 자리를 비웠고, 임충은 그대로 눈을 감았다.

그런데 그 순간, 아무도 없던 그의 옆자리에 누군가 모습을 드러내고 앉았다. 그리고 그 기척을 느낀 임충이 눈도 뜨지 않은 채 입을 열었다.

"이제 나타나셨소, 입운룡?"

"역시 자넨 속일 수가 없군, 표자두."

입운룡(入雲龍) 공손승(公孫勝)이 빙그레 웃으며 대답했다.

"내가 이 모양 이 꼴이 되어 있기는 하지만 그래도 한자루 장사모로 거란 오랑캐들을 벌벌 떨게 했던 몸이오. 책상물림 도사가 속일 수 있는 기감이 아니지."

"그 말버릇도 여전하고."

"사람은 그렇게 쉬이 변하는 동물이 아닌 것을 어찌하겠소."

"죽을 때가 되니 조금 겸손해졌으리라 생각했건만."

"나는 그런 말과 어울리지 않는 사람이라오, 입운룡."

임충이 공손승의 말에 반박해댔다. 임충과 공손승. 이 두 사람은 언제나 이랬다. 전장에 나서면 그 누구보다도 서로를 신뢰하는 전우였으나, 이렇게 급박하지 않은 만남에서는 언제나 티격태격 언성을 높여댔다.

"그래서, 가는 길 배웅이라도 해주러 오셨나보오? 진인께서 보내주셨나보군요."

임충이 공손승의 스승인 나진인(羅眞人)을 언급했다. 그러자 공손승은 어깨를 으쓱하며 지나가듯 대답해버렸다.

"못 뵌지 한참 되었네. 승천하셨겠지, 뭐. 이젠 내가 산에서 신령 노릇을 하고 있다네."

"세상이 망하려고 그리되었나보오."

"끝까지 그 입은 쉬지 않는군."

"내가 곧 죽소?"

"……."

순간 공손승이 말을 멈췄다. 그리고 뭔가 익살스러운 표정을 지어 보였다. 그러나 눈을 감고 있는 임충은 그런 공손숭의 표정을 볼 수가 없었다.

그래서 그는 이 잠깐동안의 침묵을 곧 찾아올 자신의 최후에 대한 슬픔의 표현으로 받아들였다.

"거 참. 한번 왔으면 가는 거지. 뭘 그렇게 슬퍼하고 그러쇼. 평소처럼 그냥 웃으면서 보내주시오, 입운룡."

"이봐, 표자두."

"……?"

임충은 어딘가 쾌활해 보이는 공손숭의 말투에 눈을 슬며시 떴다.

"도청이 자네를 두고 한 이야기가 있다네."

"환마군 말이오?"

"그렇지."

환마군(幻魔君) 교열(喬列). 본래 반란군 소속이었으나 공손숭과 친구 손안의 설득으로 항복한 도사였는데, 지금은 공손숭과 함께 나진인의 문하에 있는 것으로 알려져 있었다. 함께 양산박으로 합류한 친구 손안이 임충과 절친했기 때문에 그에 관해서 입을 연 모양이었다.

"그 친구가 안의 죽음 이후에 완전히 득도를 해버렸다네. 인간의 생사가 얼마나 허무한지 그리고 죽은 자가 어찌 되는지, 또 현생의 삶이 후생에 어떠한 영향을 끼치는지에 대해서 말일세."

"흐. 제가 뭐 좋은 귀족 집안에서 환생이라도 한답니

까?"

임충이 코웃음을 치며 말했다. 사실 교도청과 꽤나 친분이 있기는 했으나, 그가 가끔 도에 심취해 지껄이는 말들은 언제 들어도 듣기가 힘들었기 때문이다(물론, 그건 눈앞의 공손승이나 또 다른 동지 번서, 대종, 마령 등도 마찬가지였다). 그러나 웃으며 넘어가려 했던 임충의 귀에 공손승의 진지한 목소리가 들려왔다.

"오. 비슷하군. 조금 더 생각해보게."

"뭐요?"

"자넨 이번 생에서 정말 개고생을 했지. 무술을 익히느라 고생, 금군의 교두가 되어서 권력자들의 뒤를 닦아주느라 고생, 아내를 지키느라 고생, 아내를 잃고 여기저기 떠도느라 고생, 도적질하느라 고생, 반란군 진압하느라 고생 그리고 여기 누워서 죽어가느라 고생."

"나 참. 그거 울고 싶은데 뺨 때리는 격인거 아시오?"

임충이 비아냥거렸다. 그러나 공손승은 여전히 진지한 어투를 바꾸지 않았다.

"불교의 승려들이 이야기하는 것이나 우리 도사들이 이야기하는 것이나 다 비슷한 이야기라네. 불교의 윤회라고 들어보았는가?"

"……."

"들어는 본 게로군. 만약 그게 사실이라고 쳐보세. 그럼 자네는 다음 생에서 어떻게 태어나겠는가?"

"…끝까지 헛소리를 지껄이시는구려."

"내 말이 헛소리일지 아닐지는 두고 보면 알 테지."

그렇게 말을 마친 공손승이 천천히 자리에서 일어났다. 그리고 소매에서 부채를 하나 꺼내 펼치곤 다시 입을 열었다.

"얼마 후면, 내 말을 깨닫는 순간이 올 걸세. 다만……."

"다만?"

공손승은 잠시 망설이다 입을 열었다.

"아무리 그렇더라도 한가지는 잊지 말게."

"……?"

"아내가 겁탈당하기 직전임에도 그리고 그 주동자와 공범인 고아내와 육겸을 단 주먹에 죽여버릴 수 있음에도 그들을 죽이길 망설였던 그 순간의 망설임. 그리고 양산박에서 왕륜에게 첫 임무를 받았을 때, 청면수를 죽일 수 있었음에도 그러지 않고 용호상박의 혈투를 연출했던 그때의 동정심. 그것들을 평생 간직해야 하네."

"그게 무슨……."

"표자두."

"……."

"이제 날 볼 기회가 없을 수도 있다네. 그러니 방금 같은 말을 다시는 못 들을 수도 있다는 말이지. 아시겠는가?"

"아니, 입운룡! 지금 무슨 말을······."

그러나 임충의 말이 끝나기도 전에 공손승은 그 자리에서 조용히 사라져버렸다.

"···뚱딴지같은 소리를 하고 있어."

임충은 코웃음을 치며 다시 눈을 감았다. 그리고 눈을 감은 채 중얼중얼 투덜거렸다.

"다시 태어난다고? 죽은 벽력화가 들으면 무덤에서 벌떡 일어나겠구만."

낭아곤을 들면 산천초목이 고개를 숙였다는 벽력화 진명. 그 역시 방랍의 난을 진압하던 도중 적장의 칼에 맞아 더 이상 볼 수 없는 사람이었다.

그렇게 과거의 동지를 생각하는 사이 정적이 흘렀다. 그리고 임충의 나지막한 목소리가 방을 울렸다.

"그래도··· 만약 기회가 온다면, 내가 어떻게 살아갈지 궁금하기는 하네."

두상이 표범의 머리와 비슷하다 해서 생긴 별명인 표자두. 그 사나운 표범의 미간이 찡그려졌다.

정구업진언 수리수리 마하수리 수수리 사바하······.

저 멀리서 여러 화상들이 읊조리는 천수경 소리가 그의 귀를 간질였다. 동시에 항주의 명물 서호에서부터 들려오는 뱃노래 소리가 여기까지 들려오고 있었다.

湖底不識
人心不歡
雖然闡退
不入楫進

호수의 바닥에 무엇이 있는지는 모르지만
우리네 마음에 무엇이 있는지는 알지.
다만 알아도 밝히고 싶지 않으니
노 저어 나아갈 뿐 밑으로 들어가지 않네.

고구려 왕족 고사현(高嗣炫)

그리고 얼마 후, 정신이 든 임충이 눈을 번쩍 떴다.

"뭐, 뭐지?"

중풍으로 온몸이 굳어 움직이지 못한지 꽤 되었으나, 그래도 수십년간 창칼 잡고 말 타고 전장을 누비던 몸이다. 자신의 몸이 평소와 다르다는 것은 충분히 느낄 수 있었다.

"이게 무슨……."

자기도 모르게 팔에 힘을 주었는데, 그 힘이 평생 움직이지 못할 것 같던 팔을 툭 하고 움직였다. 그러자 경악한 임충이 몸을 부들부들 떨며 손목을 돌려보았다.

"우, 움직인다!?"

앳된 어린아이의 비명 소리가 울려퍼졌다. 그리고 그 앳된 목소리에 놀란 앳된 비명소리가 한번 더 터져나왔다.

"이, 이게 무스은!"

눈을 번쩍 뜬 임충이 몸을 일으켜 주위를 둘러보고 있는데, 그가 있는 공간으로 급히 달려오는 발걸음 소리가 들려왔다.

덜컹!

"도련님! 무슨 일이십니까!"

"…응?"

임충이 문을 박차고 들어온 사내를 보고 고개를 갸웃했다. 처음 보는 갑주 형태에 어디 지방의 사투리인지 알아들을 수 없을 정도인 말투. 그리고 더 놀란 것은 난생 처음 들어보는 언어인 그 사내의 말을 임충이 정확히 알아듣고 있었다는 것이다.

"무슨 일이야, 이게. 내가 왜…….."

"도련님, 무슨 일이 있으십니까? 제게 말씀해주십시오!"

"…….."

임충은 그보다도 더 호들갑을 떨고 있는 눈앞의 장수를 궁금증 가득한 눈빛으로 바라보았다. 그러다 입을 열었다. 역시나 그는 말도 생전 처음 들어보는 언어로 말하고 있었다.

"내가… 그대의 상전인가?"

"도… 도련니임!"

그 장수는 허탈한 표정으로 몇 발짝 뒤로 물러나다가 입술을 꽉 깨물었다. 그리고 도망치듯 방에서 나가버렸다.

"뭐가 어떻게 된거야?"

임충은 고개를 돌려 방 이곳저곳을 살펴보았다. 그러다 한구석에 놓인 금속 거울을 발견하고 그 앞으로 다가갔다. 단면이 매끈한 것이, 상당히 관리를 잘 한 것으로 보였다. 임충은 떨리는 몸놀림으로 침상 아래로 내려섰다. 그리고 천천히 거울 쪽으로 접근해 자신의 얼굴을 비춰보았다.

"이, 이런……."

* * *

171년 모월 모일, 고발기(高拔奇)의 저택.

"전하, 전하!"

"무슨 소란이냐?"

나른한 오후, 눈을 반쯤 감은 채 차를 마시던 발기(拔奇 : 동명이인인 첫째, 셋째 발기를 구별하기 위해, 이후 이 글에서는 첫째 발기에게만 한자 부연을 붙이도록 한다)가 화들짝 놀라며 찻잔을 내려놓고 마주 고함을 질렀다. 그러자

문이 부서질 듯한 기세로 열리더니 사병장 마고(摩羔)가 갑주 차림으로 들어왔다.

"무슨 일인데 그리 호들갑을 떠는 게야?"

"도련님… 도련님께서!"

"사현이? 사현이가 왜! 그 아이에게 무슨 일이 있는 게냐!"

고구려 태왕의 첫째아들이자 나이가 많은 태왕의 후계자로 가장 우선순위에 있는 제1왕자 발기(拔奇)다.

여기서 거론된 사현이라는 이름은 바로 그 발기(拔奇)의 첫째 아들이었다. 이제 일곱살 난 아이지만 총명하여 벌써부터 글을 읽을 정도였으며, 몸 또한 튼튼해 장차 훌륭한 무장이 되어 이 고구려를 지켜나갈 것이라는 평가를 받고 있었다.

그런데 그런 소중한 아들이 며칠 전부터 아침잠이 많아지더니 점점 수면시간이 길어졌다. 결국 오늘은 해가 중천에 떠서 점심 먹을 때가 되었는데도 눈을 뜨지 못하고 있었다. 그런 상황에서 발기(拔奇)가 마고의 호들갑에 놀란 이유는 바로 그 '호들갑' 때문이었다.

아침잠이 길어지던 그날부터 마고는 언제나 사현이 잠에서 깨면 보고를 해왔다. 그러나 오늘처럼 난동을 부리며 보고를 하러 오는 일은 없었다. 그저 무표정한 얼굴로 '도련님께서 깨어나셨습니다'라는 보고를 했을 뿐이었다.

그러나 오늘은 달랐다. 마치 사현에게 무슨 일이라도 생긴 것처럼 황급한 태도를 보이고 있었다.

"도, 도련님께서 깨어나시기는 했습니다만 뭔가 이상합니다."

"알아듣게 좀 말을 해보아라!"

"그게… 눈빛이 달라지셨고, 말투 또한 달라지셨으며… 어쨌든, 마치 딴사람 같습니다!"

"뭐라고?"

"심지어 소인에게 내가 그대의 상전인가? 하고 묻기까지 하셨습니다!"

"…앞장서라. 내 직접 가봐야겠다."

"예, 전하!"

발기(拔奇)는 마고를 앞세우고 급히 사현의 방으로 향했다. 그리고 방문 앞에서 헛기침을 두어번 하고는 곧바로 문을 열고 들어갔다.

방 안에는 언제 보아도 자랑스러운 자신의 아들, 사현이 주변을 두리번거리며 침상 위에 앉아 있었다.

"사현아……."

한껏 걱정스러운 표정을 지은 발기(拔奇)가 사현의 이름을 부르며 앞으로 다가섰다. 그런데 아버지를 보고 하는 행동이 마고의 말대로 정말 평소와는 달랐다. 예전 같으면 함박웃음을 지으며 '아버지!'하고 달려와 품에 안겼을 것

이다. 그러나 지금의 사현은 그저 멀뚱멀뚱 발기(拔奇)를
바라보며 눈에 의아함을 가득 품고 있었다.

그러자 덩달아 민망해진 마고가 앞으로 나서며 말했다.

"저, 도련님. 아버님께 인사 올리셔야지요."

그리고 그제야 사현의 입이 열렸다.

"아버지? 그대가?"

"도, 도련님!"

"……."

마고가 경악하며 발기(拔奇)의 눈치를 보았다. 그러나
발기(拔奇)는 인상을 찌푸리지도 않은 채 사현을 그저 바
라만 보고 있었다. 방금까지만 하더라도 염려 가득했던 표
정과는 상반된 얼굴이었다. 그러다 눈을 한번 빛내더니 몇
발짝 앞으로 다가서며 입을 열었다.

"날 기억하지 못하는 것이냐? 기억을 잃은 것이야?"

"…아마도."

"그렇군. 사병장."

"예, 예. 전하."

"사현이에게 선생을 붙이도록 해라. 지금껏 배웠던 모든
것들을 다시 알려주도록 해. 한번 갔던 길이니 다시 가는
것은 어렵지 않을 것이다."

"아, 예… 그렇게 하겠습니다."

마고는 조용히 방 밖으로 나갔고, 발기(拔奇)는 침상 근

처에 놓인 의자에 앉아 사현의 얼굴을 뚫어져라 쳐다보았
다. 잠시간의 정적이 지난 후, 발기(拔奇)가 대뜸 입을 열
었다.

"어떤가? 표자두."

"……!!"

사현의 눈이 커졌다.

그러자 발기(拔奇)가 피식 웃으며 말했다.

"너무 그렇게 놀라지 말게. 잠시 들어온 것이니. 나 또한
이 세상에 너무 오래 머무를 수는 없음이야."

"입운룡……?"

"자네를 다시 보지 못할 줄로 알았네만, 어찌하다 보니
기회가 닿았군. 다행이네."

"사후세계라도 온 것인가? 난 어찌 된 것이오?"

"글쎄. 하늘의 뜻에 따라 이루어지는 것이니 내가 어찌
모든 것을 다 알겠는가. 하지만 한가지는 알고 있지."

"말 길게 끌지 마시오. 당장 설명을 해달란 말이오."

"이곳은 사후 세계 같은 곳이 아닐세. 자넨 그저 시간을
되돌려 수백년을 거슬러 온 것일 뿐이야. 그리고 자네의
혼이 그 사현이라는 남아의 몸에 들어간 것이라네."

"그게 말이 된다고 생각하시오? 입운룡 같은 도사들이
야 그런 뜬구름 잡는 소리가 이해될지 몰라도 나같은 칼잡
이들은 도통 알 수가 없는 소리올시다."

"그리 큰 의미를 부여할 필요는 없네. 그저… 살아가면 되는 것이지."

"내가 이렇게 된것이 아무 의미가 없다는 뜻이오?"

"말하지 않았는가. 망설임, 동정심 그리고 양산박에서 평생의 뜻으로 삼고 살아가던 정신. 표자두 임충으로 살아 가던 자네가 마음 속 깊숙이 가지고 있던 그 신념을 잊지 않으면 된다고. 그러면 그것이 하늘의 뜻일 테니."

"나더러 하늘의 뜻을 대신 행하란 말이오?"

체천행도(替天行道). 하늘을 대신하여 도를 행한다.

전생에 몸담았던 양산박에서 기치로 내세웠던 이념.

양산박의 108 호걸들은 부정부패로 물들어버린 송나라 조정을 혁명으로서 바꿔 어려운 백성을 구하고자 했다.

또한 국난을 맞아서는 그 누구보다도 용감히 싸워 승리 하며, 옳지 못하다 생각한 일은 옳도록 하고, 옳다 생각한 일은 그 어떠한 환난이 있더라도 이루어내었다.

이 사자성어는 임충이 죽기 직전까지 남은 청춘을 쏟아 부었던 '가치관'이기도 했다.

"급시우 형님의 유일한 흠을 꼽아보자면, 그 빌어먹을 송나라에 지나친 충성심을 가지고 있었다는 것이지. 기울 어가는 배에서는 망설임 없이 물로 몸을 던져야 했는데 말 이야."

"……."

"됐고, 이거 하나는 명심하게."

"무엇이오?"

"이전의 삶은 이전의 삶이고, 지금 자네가 고사현이라는 아이의 모습으로 살아가는 이 삶은 이 삶대로 그 가치가 있는 것이야. 예전에 자네가 어떤 민족이었건 간에, 어떤 삶을 살았건 간에 그건 상관이 없어. 그리고 하나 더."

"하나만 명심하라더니."

"하나 더 있네. 자네에게 표자두 임충으로서 살아갔던 기억을 남긴 이유에 대해 자네 마음대로 생각하지 말라는 것일세. 같은 이야기를 계속 하고 있다는 것, 깨달았는가?"

"…도사가 술도 마시나 싶었소. 했던 말 또 하는것, 주변 사람들 괴롭게 하는 술버릇인데."

약간 익살이 섞인 사현의 대꾸에 발기(拔奇)가 자리에서 일어났다.

"자네와의 이런 언쟁이 그리울 게야."

"알아들었으니, 애꿎은 내 아비 괴롭히지 말고 가시오."

사현은 손을 휘휘 흔들며 시선을 다른 곳으로 돌려버렸다. 그리고 잠시 후, 사현의 귀에 말투 어딘가가 달라진 발기(拔奇)의 말소리가 들려왔다.

"사현아, 정녕 이 아비를 몰라보는 것이냐?"

"…후우."

사현이 낮게 한숨을 내쉬었다. 좋든 싫든, 결국 이 사현이라는 아이의 몸으로 살아가야 한다는 것이 아닌가. 그래서 일단은 지금 나이인 7세까지의 기억을 되찾아보기로 했다.

"죄송합니다. 기억이 나지는 않으나 최대한 떠올리도록 노력하겠습니다. 방금 전, 제 스승을 새로 구하신다고 말씀하셨습니다. 조금만 시간을 주시면, 그 스승에게 열심히 배우도록 하겠습니다."

"사현아……."

발기(拔奇)는 너무도 확 달라져버린 아들의 모습에 이런저런 감정이 교차하는 것을 느꼈다.

나쁜 것은 아니었다. 일찍 조숙한 모습을 보인다는 것은 그만큼 나중에 얼마나 성장했는가에 대해 직접적으로 영향을 주니까. 그러나 반대로 한참 어리광을 부리고 뛰놀아야 할 나이에 저렇게 먼저 나서서 무언가를 배우겠다고 이야기하는 것을 보니, 동생 놈들에게 자식 키우는 재미에 대해 뭘 이야기해줘야 하나 싶기도 했다.

"걱정하지 마십시오. 부끄럽지 않은 아들이 되겠습니다."

"그, 그래."

발기(拔奇)는 홀린 듯 대답한 후 사현의 방에서 나왔다. 그리고 연신 한숨을 푹푹 내쉬며 부인의 방으로 향했다.

발기(拔奇)가 방을 나서자 사현은 잠시 주위의 눈치를 보다가 슬그머니 마당으로 내려섰다.

그러자 밖을 지키던 사병 하나가 다가와 말했다.

"도련님, 아직 바깥출입을 하기에는 건강이 좋지 못하시다 들었습니다."

"아, 괜찮으니 걱정하지 마시… 말게. 음…….."

나이가 지긋이 들어 보이는 중년에게 솜털도 벗지 못한 어린아이의 몸으로 하대를 하는 것이 불편하기는 했다. 그러나 사현 역시 임충이라는 인물로 50년을 살아온 사람이었다. 딱히 거부감 같은 것은 없었다.

"잠시 밖으로 나갔다 오고 싶은데, 괜찮겠나?"

"아, 그건…….."

사병은 죽을 맛이었다. 평소엔 '야, 야!'하면서 건방진 태도로 사병들을 대하던 이 말괄량이 도련님이 갑자기 하오체를 쓰며 정중하게 대하질 않나, 집 밖으로 나간다면서 허락을 구하질 않나… 여러모로 혼란스러웠다.

"도련님, 무슨 일이십니까?"

그때 사병장 마고가 말을 걸어왔다. 그러자 사병이 천군만마라도 만난 듯한 표정을 지으며 물러섰다.

"아, 밖을 좀 돌아다녀보고 싶어서 그럽니다. 안심이 되지 않는다면 호위하는 사병을 붙여주시오. 안전하게 다녀올 테니."

"…그, 그러시지요."

마고 역시 고개를 갸우뚱했다. 그러나 기억을 잃은 듯한 사현의 상태에 대해서 알고 있었기 때문인지 그 이상은 캐묻지 않았다.

* * *

"성 이름이 무엇이라고?"

국내성 안의 거리를 걷던 사현이 뒤따르는 사병에게 물었다.

"국내성이라고 합니다. 본래 위나암이라는 곳이었는데, 성이 지어진 이후에 국내성이라는 이름으로 불리게 되었습니다."

"국내성이라……."

송나라 때를 살았던 사현은 자신이 다시 태어난 이 나라에 대해 아는 것이 거의 없었다. 심지어 아직 경황이 없어 이 나라의 국명에 대해서도 제대로 물어보지 못했다. 당연히 국내성이라는 지명 역시 처음 듣는 이름이었다. 이런 수준이니 모든 것이 새로울 수밖에 없었다.

이 나라의 사회, 문화 등에 일절 무지한 사현은 하루라도 빨리 이 모든 것을 익혀나가야 했다. 그렇게 마음먹은 사현이 주위를 돌아보았다. 그러나 해가 중천에 떠 있음에도

36

불구하고 거리에는 사람이 그다지 많이 보이지 않았다. 심지어 사현이 걷고 있는 거리는 왕궁의 정문과 연결되는 성의 중앙 도로였다.

"그런데 어찌하여 사람들이 이리 보이질 않는 건가? 아직 대낮인데 너무 거리가 한산한 것이 아닌가?"

"아, 그것은……."

사병이 잠시 말을 잇지 못하고 망설였다.

'일곱살짜리 애한테 이런걸 말해도 되나'하는 듯한 고민인 듯했다.

"신경 쓰지 말고 말해봐. 자세하게."

"으음. 지난번에 설명드린 바가 있었습니다만 다시 말씀드리겠습니다. 사실 이런 저잣거리에 사람들이 많을 수가 없는 이유는 대부분이 농사를 짓기 위해 성 밖에 있기 때문이기도 합니다. 그렇지만 가장 큰 이유는 그들이 매우 궁핍하기 때문입니다."

"궁핍하다? 가난하다는 말인가?"

"그렇습니다. 5부족의 귀족들이나 군부의 사람들을 제외하곤 대부분 빈곤에 허덕이는 것이 현실입니다. 농사를 지어봤자 수확량을 거의 다 귀족들에게 빼앗기니까요."

"……."

사현은 꽤나 민감한 이야기를 서슴지 않고 하는 사병을 물끄러미 바라보았다. 그러자 그가 놀란 눈으로 걸음을 멈쳤다.

"왜, 왜 그리 보십니까?"

"예전에 내게 그 이야기를 한 적이 있었다고 했지?"

"그렇습니다."

"그때 난 뭐라고 했나? 보기 좋은 반응은 아니었을 것 같은데?"

"그렇긴 합니다만⋯⋯."

"결국 나도 그 5부족 귀족들의 일원이라는 소린데, 그 말을 내게 직접 하는건 무슨 뜻이냔 말이야. 듣고 가책이라도 받으라는 건가? 내 나이가 어려 그 속마음까지 제대로 이해하지 못한 것을 다행으로 여겨."

"예? 도, 도련님! 그건⋯⋯."

"됐어. 지금은 신경 쓰지 않으니까. 그리고 뭐, 완전히 틀린 말인 것도 아니고."

사병이 더 말을 이으려 했으나 사현이 재빠르게 말을 끊으며 앞으로 걸어갔다. 괜히 다음 말을 들었다간 미안한 감정이 생길 것 같았다.

"그런데, 아까 5부족이라고 하지 않았나?"

"아, 예."

"그건 뭐지?"

"음, 부족에 대해 설명드리자면, 하아⋯⋯."

사병이 낮게 한숨을 내쉬었다.

고구려인이라면 누구나 알고 있을 5부족이다. 그러나 설명하고자 하면 한없이 장황해질 수밖에 없질 않은가.

과거 부여에서 내려온 동명성왕과 졸본 연타발왕의 결합부터 설명해 들어가야 하는데, 그러자니 시끄러운 저잣거리이기도 하고 해서 꺼려졌던 것이다.

그런데 그런 사병의 마음을 알아차리기라도 한 듯 사현이 한적한 골목에 있는 객점으로 들어섰다.

그리고 자리를 잡고 앉아 간단한 음식을 주문한 후 사병을 바라보았다.

"그래서, 5부족이 어쨌다고?"

"아, 예. 일단 이 나라는 다섯개의 부족이 있습니다. 그중 첫째가 이 나라의 태왕 폐하와 그 일족, 그러니까 고씨들이 포함된 계루부입니다."

"나도 거기 포함되는 건가?"

"물론 그렇습니다."

"다음은?"

"다음은 소노부입니다. 태조태왕께서 즉위하시기 전의 태왕들께서 소노부에서 나왔습니다. 또한……."

사병이 말한 '태조태왕 즉위 이전의 태왕들'이라 함은 유리명왕, 대무신왕, 민중태왕, 모본태왕 이 네명의 태왕들이었다.

고구려를 건국한 시조가 계루부 고씨인 동명성왕인데 왜

그 아들인 유리명왕이 소노부인가 하면, 당시도 그러했고 지금 역시 마찬가지로 성행하고 있는 데릴사위제 때문이었다. 다만 그때와 지금의 차이는 '왕족'들은 그 문화에 동승하지 않는다는 것 정도일까.

어쨌든 데릴사위제가 만연했던 유리명왕 재위 당시, 태왕은 가장 강력했던 부족인 소노부의 여인과 혼인을 했고, 그때부터 고구려의 왕족은 소노부가 되고 말았다.

그러다가 5대 모본태왕이 암살자 두로에게 암살당한 후, 계루부 재사의 아들인 태조태왕이 즉위하면서부터 계루부의 상속이 시작되었다.

"어렵네."

이후 연나, 관나, 순노에 대한 설명까지 모두 들은 사현이 머리를 긁적였다.

그리고 음식 그릇이 바닥을 보이자 자리에서 일어났다.

* * *

"……."

사현은 계속해서 걸으면서 점점 더 드러나는 국내성 백성들의 현실에 인상을 찌푸렸다. 실오라기 하나 걸치지 못한 채 거리에 쓰러져 죽어가는 이는 골목마다 한명씩 있었고, 화려한 옷을 입은 사현에게 들러붙어 구걸하는 이들은 셀 수조차 없을 정도로 많았다.

그 참상을 여과 없이 목도하며, 사현은 발기(拔奇)의 몸을 빌렸던 입운룡 공손승이 한 말을 떠올렸다.

"말하지 않았는가. 망설임, 동정심, 표자두 임충으로 살아가던 자네가 마음 속 깊숙이 가지고 있던 그 신념을 잊지 않으면 된다고. 그러면 그것이 하늘의 뜻일 테니."

"이전의 삶은 이전의 삶이고, 지금 자네가 고사현이라는 아이의 모습으로 살아가는 이 삶은 이 삶대로 그 가치가 있는 것이야. 예전에 자네가 어떤 민족이었건 간에, 어떤 삶을 살았건 간에 그건 상관이 없어."

'전생과 현생은 상관이 없다… 그저 전생에서 표자두 임충이라는 사람이 가졌던 망설임과 동정심이 중요하다……'

도사들의 선문답은 사현에게 있어서는 고역일 수밖에 없었다. 그러나 어린 몸에 깃들다 보니 정신도 맑아졌는지, 생각보다 열린 사고방식으로 그의 말을 해석해볼 수가 있었다.

'그러니까 양산박에 있던 시절 내가 그리고 우리 모두가 가졌던 그 신념을 이 고구려에 풀어보라는 뜻인가?'

한참을 곰곰이 생각하던 사현은 마침내 결론을 내리고

말했다.

"모르겠군."

"예? 무엇이…….."

"음?"

"방금 뭔가 모르시겠다고 말씀하셨지 않습니까? 제가
알고 있는 거라면 말씀드리겠습니다."

"…자네 이름."

사현은 갑작스럽게 치고 들어오는 사병의 말에 움찔하며
아무 말이나 내뱉었다.

그러자 사병이 서운한 눈으로 칭얼댔다.

"도련님. 아무리 그래도 제가 도련님을 모신게 5년이나
되었습니다. 제 이름도 잊으신 겁니까?"

"그런 것 같아. 이름이 뭔가?"

"계루부의 종수(踪酬)라고 합니다. 도련님 전담 호위무
사의 이름 정도는 기억해두시는 것이 좋을 것 같습니다
만."

그러자 사현이 종수의 얼굴을 뚫어져라 바라보았다.

"도, 도련님? 왜 그렇게 보시는지……."

"내가 기억을 잃기 전에도 이런 식으로 행동했나?"

"뭐… 비슷했던 것 같습니다."

"그럼 내가 그대를 싫어했겠지?"

"만날 때마다 절 다른 사람과 교대하라고 언성을 높이셨

죠. 그건 왜 물으십니까?"

"아니, 왠지 그럴 것 같아서. 그리고 왜 그랬는지도 대충 예상이 돼서."

"……."

종수가 순간 충격을 받았는지 얼어붙었다.

그리고 피식 웃은 사현이 미련 없이 몸을 홱 돌려 앞으로 걸어 나갔다.

"도, 도련님!"

그리고 둘 사이의 거리가 꽤 멀어졌을 때쯤에야 정신을 차린 종수가 급히 사현의 뒤를 따랐다.

*　*　*

국내성 거리에서 돌아온 이후, 사현은 자신의 처소 앞에 서 있던 한 무사의 인사를 받았다.

나이는 40대 중후반 정도 되었을까 싶은 장년인이었다.

"돌아오셨습니까, 도련님."

"누구……?"

사현이 종수를 돌아보며 물었다.

그러자 종수가 그 무사를 소개했다.

"도련님의 어머님 되시는 연부인 마마의 호위무사이십니다."

"그대보다 윗선인 모양이군."

"그렇습니다."

종수의 설명을 들은 사현이 시선을 무사에게로 다시 돌렸다. 그러자 무사가 공손히 고개를 숙이며 말했다.

"기억을 잃으셨다는 것이 사실인 모양이군요. 다시 한번 소개드리겠습니다. 연부인 마마 처소를 지키는 극만도(克挽徒)라 합니다."

"그런데 내게는 무슨 일로?"

"연부인 마마께서 도련님을 찾으십니다. 1왕자 전하께 도련님께서 기억을 잃으셨다는 것을 전해 들으셨으니 그와 관련된 부름일 듯합니다."

"어머니라……."

사현이 먼 산을 바라보며 중얼거렸다. 어머니. 참 가슴 뛰는 말이긴 하다. 들으면 언제나 좋고, 그리우며, 회상에 잠기게 하는 그런 말이다. 그 말을 들으니 사현은 전생의 어머니가 떠올랐다. 금군 교두로 일하는 아들에게 얼굴을 자주 비추지 않는다며 매번 투덜거리시던 어머니.

그러다 결국 아들이 휘하 군사들을 이끌고 개봉부 밖으로 훈련을 나가 있을 때 병상을 지키시다 돌아가셨다.

"그렇군. 앞장서게."

잠시 그리움에 젖었던 사현은 이번 생에서만큼은 그런 일을 만들지 않겠다고 다짐하며 극만도에게 명령했다.

그러자 극만도가 다시 한번 고개를 숙여 보이고는 앞장서 걸어갔다. 그리고 잠시 후, 금세 연씨 부인의 처소에 도착한 사현은 극만도가 안에다 보고하는 것을 가만히 지켜보았다.

"마마, 도련님께서 오셨습니다."

"들라 하게."

생각보다 젊은 여성의 목소리가 들려왔고, 사현은 의아해하면서 극만도의 안내를 따라 처소 안으로 들어섰다.

그리고 처소 안으로 들어서서 자신의 '어머니'를 처음 본 순간, 그 여인이 의외로 어려 보인다는 것을 깨달았다. 이제 서른쯤 되었을까 싶은 여인이었다.

"사현이 왔느냐."

"마마, 도련님께선……."

"알고 있네. 나가 봐도 좋아."

"알겠습니다. 그럼."

극만도가 허리를 숙여 예를 표한 후 방 밖으로 나갔다.

그러자 침상 위에 앉아 있던 연씨 부인이 몸을 일으켜 방 한가운데 놓여 있는 의자에 앉았다.

"앉거라."

사현은 대답 없이 천천히 걸어 연씨 부인이 가리킨 의자로 갔다. 그러자 연씨 부인이 한숨을 푹 쉬며 말했다.

"후우… 정말로 기억을 다 잃은 게로구나."

"예?"

"원래 같으면 내 앞에 앉기 싫다며 어리광을 부렸을 것이 아니냐. 이제 일곱인 네가 보일 반응이라면 그쪽이 더 현실성이 있겠지."

"……."

사현은 딱히 대답할 말이 생각나지 않아 가만히 있었다. 틀린 말이 아니었다. 사실 사현이 지금 취하고 있는 태도나 하는 행동거지들은 태어난지 7년 된 어린아이가 보이기에는 너무도 의젓하고 어른스러웠다.

"그래도… 네가 내 몸에서 나왔다는 것은 변함이 없다. 사현아."

"예."

사현은 양손이 절로 공손해지는 것을 느꼈다.

어머니라는 이름을 가진 사람들은 시대를 막론하고 이렇게 강한 존재였던가 싶었다.

"네가 정말로 기억만 잃었는지, 아니면 악귀에 물들어 딴사람이 되어버린 건지, 그것도 아니라면 내가 그저 꿈을 꾸고 있는 것인지 모르겠다."

"……."

"그렇지만 그 어떠한 경우라도 난 널 아들로 대할 것이고, 넌 날 어미로 섬겨야 할 것이다. 알았느냐?"

"아, 예……."

46

사현이 고개를 꾸벅 숙이며 대답했다. 사실 본인이 먼저 하고 싶은 말이었다. 처음 눈을 떴을 때야 너무도 혼란스러운 나머지 실수를 좀 하기는 했다.

그러나 발기(拔奇)의 몸을 빌린 공손승에게 이런저런 설명을 듣기도 하고, 국내성 안을 돌아다니며 빈곤에 허덕이는 백성들을 보고 나자 정말로 이 세상에 다시 태어난 것이 현실이라는 생각이 들었다.

그래서 사현은 일단은 이 생에 충실하기로 작정했다. 하늘이 자신을 왜 이 세상으로 보냈는지 아직 깨닫지는 못했다. 그러나 하늘의 뜻을 함부로 재단하려 하면 안 된다던, 공손승이 입버릇처럼 주워 담던 그 말을 다시 한번 떠올렸다.

사현은 수십년을 전장에서 보낸 50대의 금군교두 출신 도적이 아니라 일곱살 난 고구려 왕족 소년으로 살아가기로 마음먹었다. 그리고 그러려면 눈앞의 이 여인을 어머니로 받들어 모셔야만 했다.

"……."

"어머…니?"

사현이 말을 더 이상 잇지 못하고 있는 연씨 부인을 보고 고개를 갸웃하며 불렀다. 그러자 연씨 부인이 입술을 꽉 깨물더니 고개를 푹 숙였다.

"어머니?"

사현이 다시 한번 연씨 부인을 불렀다. 그러나 그녀는 사현의 말에는 반응하지 않고 크게 소리를 질렀다.

"만도 밖에 있는가!"

"예, 마마!"

극만도의 목소리가 들려옴과 동시에 방문이 열렸고, 그가 모습을 드러냈다.

그러자 연씨 부인이 감정을 꾹꾹 억누르며 말했다.

"사현일… 처소로 데려가게. 아직 이 큰 저택의 지리가 익숙하지 못할 테니 잘 데려다줘."

"알겠습니다, 마마."

극만도가 고개 숙여 인사하며 대답한 후, 사현에게 말했다.

"도련님, 일어나시지요. 처소까지 제가 모시겠습니다."

"……."

사현은 천천히 일어나 먼저 나가는 극만도의 뒤를 따랐다. 그리고 문을 완전히 나서기 직전, 고개를 돌려 연씨 부인을 다시 한번 쳐다보았다.

그녀의 어깨는 심히 들썩이고 있었다.

"도련님, 가시지요."

"……."

곧 문이 닫혔고, 사현은 극만도를 따라 발걸음을 옮겼다.

"무슨 말씀을 나누셨습니까?"

"별말 없었네. 그저 내가 기억을 잃긴 했어도 어머님의 자식이라는 건 변할 바가 없다는 거. 그것뿐이었어."

그러자 극만도가 혀를 쯧 차며 말했다.

"말씀은 안 하셨어도 마마께선 온갖 생각을 다 하셨을 겁니다. 심지어, 도련님의 이런 조숙한 태도에 대해 보고를 들으시고는 몸에 귀신이 든것이 아니냐는 말씀까지 하셨습니다."

"들었네."

"도련님을 가지신 순간부터 도련님만을 위해 살아오신 분입니다. 기억에 없어 어려우실 수는 있겠으나……."

"어렵지 않네."

"네?"

극만도가 사현을 돌아보며 되물었다. 그러자 사현이 걸음을 멈추고 연씨 부인의 처소를 바라보며 말했다.

"어려운 일이 아니야. 그저 당연히 해야 할 도리인 것을. 자식이 되어 어머니가 원하는 삶을 살아 만족시켜드리는 것이 효도인 것을……."

"……."

극만도가 멍한 표정으로 사현을 쳐다보았다. 과연 저런 말을 열다섯 먹은 자신의 아들이 할 수 있을까 하는 생각을 하면서. 그날 이후, 사현은 발기(拔奇)가 새로 구해준 스승에게 이 시대에 대해 이것저것 배우기 시작했다. 그

과정에서 크게 놀란 것이 있었는데, 스승과 만나자마자 그가 한 첫마디 때문이었다.

"도련님께서는 이 대 고구려국의 왕손이시며, 도련님의 아버님께서는 지고하신 태왕 폐하의 첫째 아들, 즉 제1왕자 전하이시옵니다. 그에 걸맞은 품위를 갖추셔야 할 것이오니 소인의 가르침을 잘 따라주시옵소서."

'고구려……'

이 나라가 고구려라는 것은 깨어났던 날 사병과 나눴던 대화를 통해 알고 있었다. 그러나 그때는 다른 사람의 몸에 얹혀살게 되었다는 사실로 인한 충격 등 때문인지 고구려에 대해 깊은 생각을 하지 못했다.

그가 고구려라는 나라에 대해 본격적으로 알아보게 된것은 그로부터 시간이 좀 흐른 후였다.

고구려. 사현도 몇 가지를 제외하곤 잘 모르는 나라였다. 다만, 사현이 임충으로 살던 시절, 송나라의 옆에 있었던 황제국의 이름이 고려였으며, 그 고려가 고구려의 뒤를 이은 나라라는 것은 들은 바가 있었다.

고려의 문화는 언제나 송이 세계의 중심이라고 생각했던 당시의 임충에게 큰 충격을 주었을 정도로 선진화되어 있었고, 그 군사력 역시 요의 대군에 밀리지 않을 정도로 강성했다고 했다. 그래서 금군 교두로 있던 시절에는 그 고려를 약간이나마 동경하기도 했는데, 지금 그는 고려의 전신이라고 하는 고구려에서 살고 있는 것이다.

사현이 고구려에 대해 아는 것은 요동을 지배했던 국가이며, 송 이전의 통일제국 수가 멸망하는 데 가장 큰 이유가 되었다는 것. 그리고 이후 위대한 황제라 칭송받는 당나라 정관의 태종(太宗)이 감행한 수차례의 공격 역시 훌륭하게 막아냈다는 것 정도였다.

이후 태종의 뒤를 이은 고종(高宗) 때에 멸망한 것으로 알려져 있었는데, 대단한 군사 국가였다고 했다.

"대단한 나라인 건 충분한데 말이지……."

그러나 지금의 이 시대에 대해서는 전혀 들은 것이 없었다. 아직 고구려는 요동 쪽으로는 눈길조차 주지 못한 상태였으며, 졸본과 위나암 그리고 양맥과 현도 등의 한사군 일부만 지배하고 있는 연맹국가였다.

강인한 민족성과 무(武)를 숭상하는 기질 때문인지 강한 군사들을 보유하고는 있었으나 아직은 그 수효나 국가적 역량에서 여러모로 뒤쳐지는 상태이기도 했다.

"실용성이 없는 유학은 그다지 대접받지 못하고 있군."

이 부분에 대해서는 환영할 만했다. 임충으로 살던 시절, 아무리 양산박의 호걸들이 산적 취급을 받는다고 해도 기본적인 학문은 갖추어야 한다는 총두령 송강의 고집 때문에 유학 서적을 들춰본 일이 있었다.

그리고 그 기억은 아내나 동료를 잃었던 기억들을 제외하면 그의 삶에서 가장 끔찍했던 것으로 남게 되었다.

그래서 사서오경을 읽을 필요가 없는 지금의 형편은 굉장히 만족스러운 편이었다.

"다음은 무술."

한번 더 언급하자면 고구려는 무를 숭상하는 나라였다.

개인의 무술은 그 사람을 판단하는 데 가장 중요한 기준이 되었고, 전쟁터에서의 역량만 충분하다면 최하층인 하호(下戶)건 일반 백성이건 관계없이 군부에서 높은 자리에 오를 수 있었다. 이 또한 사현에게 나쁠 것이 없었다. 나름 사현은 한자루 사모를 들고 전장터를 누비던 맹장이었던 사람이니까. 그런데, 한가지 문제가 생겼다.

"사모가… 없군."

물론 사현은 당시 금군의 18반 병기들을 전부 다 능숙하게 다루기는 했다. 그중에서도 가장 자신 있는 병기는 8척짜리 장사모(長蛇矛)였다. 그러나 사모는 전부 송나라 이전 왕조인 후주(後周) 때부터 사용하던 무기. 한참 이전의 시대인 지금 존재할 리가 없었다.

사모는 물론이고, 언월도(偃月刀), 편(鞭), 추(錘) 등의 여러 18반 병기들의 모습도 찾을 수 없는 상황.

사모와 비슷한 무기를 찾자면 과(戈), 극(戟) 등이 있겠지만, 그래도 사현은 사모를 사용하고 싶었다.

"뭐, 없으면 만들면 되지."

수십년간 사용했던 무기다. 단면도 정도는 충분히 그릴 수 있었을 뿐더러 권력자 집안의 아들인 사현인 만큼 대장장이에게 주문을 넣어 새로운 무기를 만들어낼 역량도 갖추고 있었다.

그러나 아직 사현은 일곱살에 불과한 어린아이였다. 벌써부터 새로운 무기를 만들어내어 능숙하게 사용하는 모습을 보여준다면 이상한 시선을 받을 것이 분명했다.

"일단은… 아쉬운 대로 검이나 창을 사용해야겠네."

다른 무기들이라고 해서 주변 사람들에게 인정받지 못할 만큼 다루지 못하는 것은 아니었기 때문에 지금 있는 것들만으로도 사현은 자신이 있었다.

나중에 몸의 성장이 어느 정도 완료되었을 때 제작하는 한이 있더라도 지금은 무리가 없지 않아 있는 것이 사실이었다. 그리고…….

"아, 이건 있구나!"

한가지 다행인 점이 있다면, 바로 등자(鐙子)였다. 사실 송나라는 등자를 올린 전마(戰馬)가 당연시되던 곳이었고, 그만큼 상용화가 되어 있었다.

그렇기 때문에 사현 역시 만약 말등 위에 등자가 올려져 있지 않다면 곤란하겠다 하는 생각을 했던 차였다. 그러다

집의 커다란 마구간에 보관된 마갑보관소에서 등자를 발견하곤 안도의 한숨을 내쉬었던 것이다.

물론 상당히 후진적이었고 불안정해서 1장 내외 길이가 될 것으로 생각되는 사모창을 격렬하게 휘두르기에는 아직 부족했다. 그러나 사현은 전생에서 평생 말을 타고 전장을 누비던 기병 장군이었다.

그래서 그는 이 불안정한 등자를 어떻게 보완해야 할지도 머릿속으로 대충이나마 그림을 그려볼 수 있었다.

"곤란할 뻔했네. 다행이야."

사현이 마갑보관소 벽에 즐비하게 걸려 있는 등자들을 쓰다듬으며 중얼거렸다.

* * *

사현이 아홉살이 되던 해부터 무예 수련이 시작되었다.

고구려에서 가장 고귀한 핏줄을 가진 사내에게 가해지는 교육은 철저하기 그지없어서 고구려 무장들 중 검을 가장 잘 쓴다는 소노부의 대상(大相) 해청(海晴)이 직접 가르쳐 주기로 했다.

"안녕하십니까, 도련님. 소노부의 해청입니다."

"안녕하세요."

저택 뒷마당에 있는 연무대에서 해청과 사현이 마주보고

서서 인사를 나누었다. 두사람은 목검을 한자루씩 쥐고 있었고, 곧 그 목검을 사용해 기본적인 검술에 대한 수업을 시작했다.

"자, 일단 기본적인 느낌과 감각을 확인해보도록 하겠습니다. 일단 그 목검으로 공격해보시겠습니까?"

"공격 말입니까?"

"네. 어떤 방식이건 상관없습니다. 그저 휘둘러서 제 몸을 때리시면 됩니다. 저는 최선을 다해 피하거나 막을 것이고, 만약 절 공격하는 데 성공하신다면 도련님께서 이기시는 걸로 하겠습니다."

"…흐음."

사현이 잠시 생각에 잠겼다. 기껏해야 저 무장의 허리에나 닿는 덩치를 가지고 여기서 승리를 거둘 수는 없었다. 그러나 굳이 실력을 숨길 이유는 없다고 생각했기 때문에 한번쯤 놀라게 해줘야겠다 하고 마음먹었다.

그리고 사현이 그렇게 결론을 짓는 순간 연무장 위의 분위기가 달라지기 시작했다.

"……!"

그러자 여유로운 표정을 짓고 있던 해청의 얼굴이 놀라움으로 물들었다.

무방비 상태로 서 있던 사현이 오른발을 한발짝 뒤로 옮기고 목검을 들어올리는 순간, 그가 풍기던 기세 자체가 변하며 압박감을 몰고 오기 시작한 것이다.

'이, 이게 무슨……'

해청은 자신도 모르게 움찔하며 목검을 들어 방어 자세를 취했다. 금방이라도 저 아홉살 난 어린아이가 휘두른 목검이 자신의 두개골을 강타할 것만 같았다.

'이게… 이 세상에 난지 이제 9년 된 아이의 몸에서 풍겨져 나오는 기세란 말인가?'

사현이 뿌리고 있는 눈빛, 짓고 있는 표정, 취하고 있는 자세 그리고 그 모든 것들이 모여 만들어내는 광폭한 기세. 마치 수십년은 전장에서 구른 백전노장의 앞에 서 있는 것만 같았다.

국상 명림답부(明臨笭夫)가 젊은 시절 저랬을까 싶기도 하고, 만약 제대로 성장한다면 고구려의 위상을 드높일 맹장이 될 수도 있겠다는 생각이 들기도 했다.

"흠……."

그러나 그것은 나중의 이야기. 지금은 자신에게 무예를 배우기 위해 나온 제자일 뿐이었다. 쌓아온 경험도, 육체적 조건도 모두 자신이 유리했다. 오늘 처음 목검을 잡은 어린아이에게 일격을 허용할 생각은 없었다. 아니, 가능성 자체가 없었다.

지금 이제 달려들기 위해 뒷발에 힘을 주는 것 같은데, 눈 세번 깜빡하는 동안 앞까지 달려들 것이고 초심자들의 특성상 아무것도 모르고 스스로의 눈높이에다 목검을 휘두를 것이다. 여기까지 이미 그림을 그려놓은 해청은 별다른 경계심 없이 사현이 달려들기만을 기다렸다. 그리고…….

탓!

경쾌한 발돋움 소리와 함께 사현의 몸이 해청에게로 빠르게 쏘아졌다. 조용히 그런 사현을 바라보던 해청이 눈을 한번 깜빡였다.

'이제 한번. 두번 더 깜박인 후 막는—'

그러나 해청의 여유는 거기까지였다.

"흐읍!"

딱!

경악한 눈을 동그랗게 뜨며 목검을 들어올린 해청이 반대편 허리로 날아오는 사현의 목검을 간신히 막아냈다.

회심의 공격이 무위로 돌아가자 사현은 별다른 지연 없이 곧바로 목검을 회수하고 뒤로 물러났다가 다시 달려들었다.

"하압!"

우렁찬 기합과 함께 휘둘러진 사현의 목검은 해청의 눈을 어지럽히며 몸 이곳저곳을 향해 마구 날아들었다.

특별한 규칙 없이 마구잡이로 휘두르는 목검이라 그런지 검로를 예측하기가 매우 어려웠다.

그러나 해청 또한 한나라군과의 전쟁으로 잔뼈가 굵은 무장. 진땀을 흘리고는 있었으나 아무런 피해 없이 막아내고 있었다. 그렇게 몇 차례 무차별적인 맹공이 퍼부어진 후, 둘은 잠시 물러나 숨을 골랐다.

그때 해청이 안도의 한숨을 내쉬며 말했다.

"후우… 하마터면 당할 뻔했습니다. 검을 처음 잡아보신 것이 맞습니까?"

해청의 물음에 거친 숨을 몰아쉬며 땀을 뻘뻘 흘리던 사현이 애써 호흡을 조절하며 대답했다.

"허억… 허억… 한대도 안 맞고 공격을 흘려버린 장군이 할 말입니까?"

"…딱 3년만 늦게 수업을 시작했더라면, 그래서 도련님의 키가 지금보다 조금만 더 크고 근육이 조금만 더 붙었더라면 정말로 낭패를 볼 뻔했습니다."

"놀리는 겁니까?"

"그럴 리가요."

"…그러면, 다시 갑니다."

사현은 해청의 말이 끝나자마자 기습적으로 다시 공격을 감행했다. 이날 사현은 결국 해청의 옷깃도 건드리지 못했다. 그리고 수업이 끝나자마자 사현은 온몸을 덮어온 근육통에 다음 날 하루 종일 아무런 행동도 취하지 못했다. 사현의 몸은 연약하기 그지없어서 아무리 속도와 힘을 많이

58

줄여서 공격을 했다고 하더라도 엄청난 무리였던 것이다.

아홉살 난 어린아이가 송나라 관군들을 벌벌 떨게 했던 표자두 임충의 무술을 따라갈 수 있을 리가 있을까. 그렇지만 그것과는 별개로 사현이 수업 첫날 보여주었던 비범함은 해청과 그 수업을 참관했던 시종장을 통해 국내성 전역으로 퍼져나갔다. 그리고 그날 이후 해청에게 무예 수업을 받으면 받을수록 이 아이가 나중에 어떤 장수가 되어 고구려에 어떤 영광을 가져다줄 것인가 하는 이야기들이 흘러나오기 시작했다.

"저 도련님이 해청 장군을 뛰어넘는 장군이 될 거라지?"

"해청장군뿐인가? 옛날 건국조 태왕의 장수들에 준하는 대장군이 될 거라는 말도 있다네."

"그럼 부분노 장군인가, 오이 장군인가?"

"나야 모르지."

발기(拔奇)의 어깨는 더욱 올라가기 시작했는데, 발기(拔奇) 본인이 가진 능력은 주목할 것이 없었으나 집에서 특출 난 아들을 키우고 있는 것만으로도 조정 내에서 그 발언권이 강해지기 시작했던 것이다.

그러나 사현은 달랐다. 자신이 배우고 있는 검술은 조악하기 그지없어서 수업시간 내내 시간낭비만 하고 있다는 생각을 감출 수가 없었다.

물론 스승인 해청이 무술에만 관심이 있는 둔탱이라 그

렇지, 만약 조금만 눈치가 빠른 자였다면 곧바로 한소리를 들을 뻔했다. 그렇기에 사현은 보여주기식으로 배운 것을 수련하다가 보는 이가 없어지면 다시 임충으로 살던 시절 연마했던 18반 무예를 수련할 수밖에 없었다.

'젠장. 얼른 커서 사모를 만들어야지. 열둘. 딱 열둘이 되는 해에는 이 말도 안 되는 검술에서 벗어날 수 있다.'

그러나 이게 사현의 입장에서나 그런 것이지, 고구려 장수들에게 있어서 이 검술은 상당히 세련된 것이었다. 심지어 고구려 최강의 무장들 중 하나라는 해청이 사용하는 검술이니 그 주가는 더더욱 높을 수밖에 없었다.

해청은 한자루 검으로 한나라군에게 공포의 대상이 될 정도로 무서운 장수였다. 아마 고구려 장수들이 사현의 생각을 알았다면 얼굴을 붉히며 반박을 하려 들것이 분명했다. 그리고 그로부터 4년 후, 사현은 드디어 고대하고 고대하던 사모를 손에 넣을 수 있었다.

아직은 작다고 볼 수 있는 사현의 키에 맞춰 길이는 짧았으나 뱀이 입을 벌리고 달려드는 듯 구불구불한 창날이 그의 마음마저 편안하게 해주었다.

"…오랜만이다, 너."

"그게 도련님께서 바라시던 무기입니까?"

사모를 전달해 주었던 해청이 물어왔다.

"네, 스승님. 혹시 지금 바로 대련을 한번 해볼 수 있겠습니까?"

"이거 스승 체면이 다 구겨지는 것 아닌가 싶습니다. 이제 이 스승이 슬슬 벅찰 정도로 성장한 것을 아십니까?"

"그럴 리 있겠습니까. 봐주시는 것 다 압니다."

"그렇습니까? 저도 모르던 사실이군요."

"그래서 대련해주실 겁니까, 안 해주실 겁니까?"

"나가시지요."

두 사제는 도란도란 대화를 나누며 연무장으로 향했다.

* * *

181년, 고구려 국내성.

"뭐라! 반란?!"

고구려 태왕 남무(南武)가 연상을 쾅 치며 자리에서 일어났다. 그러자 보고를 했던 1왕제 발기가 착잡한 얼굴로 고개를 끄덕였다.

"국내성으로 진군하다가 강무 장군에게 격퇴되어 지금은 한나라로 도망했다 하옵니다."

"허! 발기(拔奇) 형님이 확실한가!?"

"…그렇습니다."

태왕이 씩씩거리며 다시 옥좌에 앉았다.

그리고 잠시 숨을 진정시킨 후 입을 열었다.

"사현이는?"

"계수(罽須)가 잘 보살피는 중입니다."

"하아… 아들을 국내성에 두고 도대체 무슨 짓을…….."

"그것은 저도 의문이긴 합니다만… 실기(失期)하지 않으려 한것이 아니겠습니까."

"자신이 왕이 되지 못한 이유를 아직도 깨닫지 못했단 말인가. 안타깝도다!"

태왕이 한숨을 푹 내쉬며 한탄했다.

그러자 옆에 서 있던 2왕제 연우(延優)가 말했다.

"사현이를 어찌해야겠습니까? 이대로 둘 수는 없지 않습니까?"

"무슨 소리냐?"

발기가 날카로운 목소리로 되물었다.

그러나 연우는 위축되지 않고 말을 이었다.

"반역자의 아들입니다. 게다가 그놈의 무예가 좀 뛰어납니까? 어린 나이에 계수의 기병부대에서 최강의 무장 소리를 듣는 놈입니다. 이미 군부 내에서 따르는 이들이 꽤 될 겁니다. 혹시 후환이라도 된다면…….."

"연우야! 아무리 그래도 그 아이가 우리를 얼마나 따랐느냐! 발기 형님은 원체 해답이 보이지 않았다만, 그 아이라도 제대로 키워 후계를 잇게 하자고 맹세했던 것을 잊었단 말이냐!"

"형님, 그건 큰형님이 반란을 일으키기 전 이야기입니다. 그저 왕형(王兄)으로 계셨으면 그리고 나중에 고추가(古鄒加)가 되시어 여생을 살다 돌아가셨으면 사현이를 계속 그리 대했을 겁니다. 하지만 지금은 상황이 다르지 않습니까!"

"그 아이는 고구려의 훌륭한 장수가 될 아이다. 오히려 이런 상황에서도 고구려를 위해 아비에게 칼을 휘두를 수 있는 무장으로 가르쳐야 한단 말이다!"

"그만."

발기와 연우의 언성이 점점 높아지자 태왕이 둘의 언쟁을 멈추게 했다. 그리고 입을 열었다.

"그 아이가 이 상황에 대해 아는가?"

그에 대한 대답은 발기가 했다.

"압니다. 강무 장군과 전투를 벌였다는 보고를 받는 순간 계수의 부대가 출병 준비를 했습니다. 부대의 선봉장이 출병 준비를 하는 이유조차 모를 리는 없지 않겠습니까."

"그렇군. 별다른 징조는 없던가?"

"예, 태왕 폐하. 정말 아무런 말도 없이 병사들을 통솔해 출병 준비를 하고 있었습니다. 정말 어떤 불손한 태도도 보이지 않았습니다."

발기가 필사적으로 조카를 대변했다.

그러자 태왕이 고개를 몇 번 끄덕이더니 말했다.

"불러오너라. 내가 직접 판단할 것이다."

* * *

고구려 8대 태왕인 신대태왕(新大太王) 백고(伯固)에게
는 다섯 아들이 있었다. 장남 발기(拔奇), 차남 남무, 3남
발기, 4남 연우, 5남 계수.

179년에 신대태왕이 죽자, 그 뒤를 맡아들인 발기(拔奇)
가 이었어야 함에도 불구하고 태왕위는 둘째 남무에게 돌
아갔다. 이유는 발기(拔奇)가 성격도 못난 데다 어리석기
도 해 나라를 위태롭게 할 것이라는 국상 명림형부(明臨珩
釜)의 판단에 따른 것이었다.

이에 불만을 품은 발기(拔奇)는 남무가 즉위한 지 2년째
가 되던 181년에 자신을 따르는 연나부의 하호(下戶) 3만
여 호를 이끌고 반란을 일으켰다. 그러나 발기(拔奇)는 국
내성을 향해 진군하던 중 소노부의 대가(大加) 강무(姜武)
의 부대에게 대패하고 한나라로 도망가버렸다.

사실 발기(拔奇)가 이끌었던 연나부의 3만여 호는 그가
한나라로 넘어갈 때 대부분 원래 거주했던 연나부로 돌아
갔다. 그러면서 중외대부(中畏大夫) 좌가려가 연나부의
패자로 임명되었다. 그렇게 되자 고구려의 입장에서는 애
초에 골칫덩이였던 발기(拔奇)를 처리한 셈이나 다름없게

되었으므로 별로 나쁠 것이 없는 상황이 되었다.

그러나 문제는 국내성 내에 있었다. 고사현(高嗣炫). 발기(拔奇)의 외아들이자 현재 3왕제 계수가 이끄는 부대에서 장수로 있는 태왕의 조카. 원래라면 반역자의 자손이라고 해서 처형되어야 마땅한 존재다. 그러나 이 조카가 그동안 보여준 모습들이 숙부들을 망설이게 하고 있었다.

군부에 투신하기 전부터 부친인 발기(拔奇)의 포악한 성정을 고쳐보기 위해 온갖 애를 다 써왔고, 말객(末客)으로 군부에 들어선 이후부터는 한나라와의 여러 국지전들에서 활약했다.

특히 전투 때마다 그가 보여줬던 눈부신 무용은 무를 숭상하는 고구려의 남자들에게 귀감이 되고 있었다.

"하압!"

딱딱딱!

나무로 만들어진 목검 두자루가 요란한 소리를 내며 맞부딪혔다. 눈으로 볼 수 없을 정도의 속도로 오가는 공방이 주위에서 지켜보는 이들의 눈을 어지럽히고 있었다.

대련의 주인공들은 모달(模達) 고사현과 소형(小兄) 연구루(淵區婁).

사현은 대모달 계수가 통솔하는 부대에서 선봉장을 맡은 장군이고, 연구루는 순노부의 젊은 부장이었는데, 둘 다 뛰어난 무예로 계수의 신임을 얻고 있는 이들이었다. 그러나 대련에서는 둘의 차이가 확연히 드러나고 있었다.

휘릭!

"흐읍!"

연구루가 자신의 눈앞으로 지나가는 목검의 끝을 바라보며 헛숨을 들이켰다. 그리고 그 목검은 곧바로 자신의 목을 향해 찔러 들어왔다.

연구루는 급히 목검을 휘둘러 사현의 공격을 쳐냈으나 연이어 어깨로 날아오는 공격을 완전히 피해내지 못하고 얻어맞고야 말았다.

"크윽!"

그러나 어깨에 찬 가죽 견갑 때문이었는지 타격은 별로 없어 보였다. 낮은 신음소리를 흘린 연구루였지만 그럼에도 그는 굴하지 않았다.

이를 악물고 다시 검을 들어올린 연구루는 있는 힘껏 사현의 복부를 향해 검을 냅다 휘둘러버렸다. 하지만 마지막 남은 힘을 끌어모아 날린 연구루의 공격은 사현이 가볍게 휘두른 목검에 간단히 막히고 말았다.

그리고 그 즉시, 연구루는 복부에 어마어마한 충격을 느끼며 뒤로 나가떨어졌다.

"이익!"

넘어진 연구루가 분노에 찬 소리를 내며 목검을 거머쥐었다. 다시 일어나려는 순간, 그의 목에 뭉툭한 목검의 검

날이 드리워졌다.

"후우……."

"…겼습니다, 장군."

"마음이 복잡해 보이네요, 연 장군."

나이로 따지자면 연구루가 더 많았지만 직급상 사현이 더 상급자였기 때문에 둘은 서로 말을 높이고 있었다.

"그렇게 보이십니까?"

"하하. 정작 복잡해야 할 사람은 난데 왜 연 장군이 심란해하십니까?"

사현이 웃으며 손을 내밀었다. 그러자 연구루가 착잡한 표정으로 사현의 손을 잡고 일어나 옷의 이곳저곳에 묻은 먼지를 털어냈다. 그때 주위에서 대련을 보던 이들이 물동이를 내왔고, 둘은 물을 마시며 대화를 나누었다.

"괜찮으십니까? 장군께서는 부친과 칼을 겨누셔야 할 수도 있습니다."

"…글쎄요. 완전히 괜찮다고 하면 거짓말일 겁니다. 만약 전쟁터에서 마주친다면, 최대한 생포하기 위해 노력할 테니까요."

"장군."

"그 후에 제 아버님께서 죽고 사는 것은 태왕 폐하께서 결정하실 일입니다. 어떤 선택을 하시건 불만은 없습니다."

사현은 어찌 보면 차갑다 싶을 수도 있는 말을 표정 변화 없이 늘어놓았다. 그리고 그런 사현을 연구루가 안타깝다는 듯 바라보았다.

"장군… 지금 당장이라도 군사들이 들이닥쳐 장군을 잡아갈 수도 있습니다. 아십니까?"

"뭐, 지금 태왕 자리에 앉아 계신 분이 연우 숙부님이 아닌 것을 감사히 여기는 중입니다만."

"무슨 뜻입니까?"

"연우 숙부님이시라면 분명히 절 잡아서 아버님에 대한 협박용으로 쓰시거나 후환을 없애기 위해 제거하시겠지요. 하지만 지금의 태왕 폐하께서는 그렇게 매정하신 분이 못 되십니다. 하늘에 감사해야 할 일이지요. 안 그렇습니까?"

"……."

연구루는 하염없이 천진난만한 이 어린 상관을 어찌해야 하나 싶은 심정으로 한숨을 푹 내쉬었다.

그런데 그때, 연무장의 문이 열리고 누군가 들어왔다.

둘째 숙부, 발기였다.

"사현아."

"…발기 숙부님."

사현을 부른 발기는 안타까움 가득한 얼굴로 그를 바라보다가 재차 입을 열었다.

"나와 함께 가야겠다."

"어디를 말입니까?"

"폐하께서 찾으신다."

"예. 알겠습니다."

사현은 별다른 반항 없이 대답한 후, 연구루에게 고개를 돌려 말했다.

"연 장군은 군사들의 기강을 더욱 확실히 잡아주세요. 전 아무 문제없을 테니까 절대 그들이 동요하는 일은 없어야 할 겁니다."

"…알겠습니다."

연구루가 고개를 끄덕이며 대답했다.

그러자 사현이 연구루의 어깨를 두어번 두드린 후 벽에 기대어 세워진 자신의 사모를 집어 들었다.

"숙부님, 가시지요. 폐하께서 기다리실 것입니다."

"그래. 가자꾸나."

사현이 있던 계수의 부대 연무장에서 태왕이 있는 정전까지는 그 거리가 꽤 길었다. 그래서 발기와 사현은 정전으로 이동하는 시간동안 많은 대화를 나눌 수 있었다.

"어찌할 생각이냐?"

"무슨 말씀이십니까? 어찌하다니요?"

"너와 형수님 말이다. 너희 재산도 큰형님이 전부 가지고 가버렸다. 이래서는 형수님과 앞으로 널 따르게 될 세력들을 지켜낼 수가 없지 않느냐."

"그래서 취수(娶嫂)라도 하려 하십니까?"

사현의 말이 떨어지는 순간 발기의 표정이 싹 굳었다.

"그런 말이 아니질 않느냐."

"그런 것이 아니라면 전 괜찮습니다. 신경 쓰지 않으셔도 됩니다. 제 어머니는 제가 지킵니다. 또한 고구려가 절 버리지 않는 한, 저도 고구려를 절대 버리지 않습니다."

"…마음이 놓이는 말이구나."

발기는 마음속 어디선가 꺼림칙하다는 느낌을 받았으나, 일단 이 조카의 눈빛에서 거짓이 보이지 않았기 때문에 고개를 끄덕여줄 수밖에 없었다.

* * *

"폐하, 모달 고사현 들었사옵니다."

환관의 보고에 방 안에서 태왕의 목소리가 들려왔다.

"들여보내라."

태왕의 대답을 들은 환관이 하얀 손을 움직여 방문을 열었다. 그리고 열린 문 뒤로 태왕의 거대한 몸집이 드러났다. 9척 장신에 어마무시한 괴력의 소유자인 태왕 남무. 그는 일국의 태왕이기에 앞서 굉장한 용장이었다.

"어서 오거라, 사현."

"그간 자주 찾아뵙질 못했습니다."

"아니야, 아니야. 계수가 자신의 군사들을 얼마나 혹독하게 훈련시키는지 잘 알고 있다. 그리고 나 또한 업무가 밀려 정신이 없었느니라."

태왕이 그 거대한 몸을 옥좌에서 일으켜 사현의 앞으로 다가왔다.

그리곤 비어 있는 사현의 손을 바라보고 말했다.

"네 분신과도 같던 무기가 보이질 않는구나. 사모라고 했더냐?"

"그렇습니다. 정전 밖의 부모달에게 맡겨두고 오는 길입니다."

"참 신기했다. 네 무기 말이다."

"대단치 않은 재주일 뿐입니다."

"그렇지가 않아. 네 무예는 앞으로 이 고구려를 위해 크게 쓰일 것이 분명하지 않느냐."

"…진심이십니까?"

사현의 말에는 뼈가 담겨 있었다.

그러나 태왕의 온화한 표정은 변하지 않았다.

"난 네 아비의 동생이기 이전에 이 나라의 태왕이다."

"……."

"그래서 난 이 나라에 반기를 든 네 아비에게 칼을 들이댈 수밖에 없다. 또한."

"……."

"넌 네 아비의 아들이기 이전에 이 나라, 대 고구려의 무장이니라."

"폐하."

사현이 태왕을 불렀다. 그러나 태왕은 아랑곳 않고 말을 이었다.

"나와 같은 선택을 할 것이라 굳게 믿고 있으마."

맥성의 전귀

181년 7월, 좌원(坐原).

"폐하, 대승이옵니다. 그 전공이 하늘을 찌를 듯하옵니
다."

"내가 무얼 한게 있다고. 이게 다 여러 장수들의 공일
세."

온 산과 평원을 뒤덮은 한나라군의 시신들을 밟고 선 태
왕이 자신에게 고개를 조아리는 수십명의 장수들을 내려
다보며 말했다.

9척의 큰 키는 굳이 단상 위로 올라가지 않더라도 수많
은 신하들 위에서 군림할 수 있게 해주었다.

적병이 흘린 피로 범벅이 되어 있는 태왕과 그 신하들의
모습은 마치 지옥에서 올라온 야차와도 같았다.

"적장은 잡았는가?"

"요동 태수 경추(耿趣)는 도망쳤사옵고, 배신자 발기(拔
奇)는 포위되어 곧 생포할 것이옵니다."

"그 잘난 자존심에 칼을 제 목에 들이밀지도 모른다. 형
을 죽인 동생이라는 오명을 쓰기는 싫으니, 반드시 생포해
오도록 하라."

"예, 폐하. 지금 대모달이 갔사옵니다."

"계수가? 허면, 사현이 녀석도 함께 갔는가!"

"…그, 그렇사옵니다."

대형(大兄) 사비류(沙飛旒)가 잠시 머뭇거리다 대답했
다.

그러자 옆에 있던 2왕제 연우가 말했다.

"괜찮겠습니까? 제 아비를 생포해야 하는 아들입니다.
일단 불러들이시는 것이……."

"괜찮을 것이다."

"폐하."

"그 아이를 믿는다. 곧 발기(拔奇) 형님을 붙잡아 내 앞
으로 데리고 올게야. 마음을 편히 하고 기다리도록 하자."

"…알겠습니다."

연우가 고개를 숙이며 대답하자 태왕이 땅바닥에 꽂혀

있던 자신의 장검을 뽑아들었다.

그리곤 검집에 집어넣은 후, 몸을 돌려 군사들이 있는 곳으로 걸어갔다.

그곳에서는 방금 전까지 용맹하게 싸웠던 고구려의 군사들이 상기된 표정으로 대기하고 있었다.

만족스러운 표정으로 그들을 바라보던 태왕은 주먹을 불끈 쥐며 외쳤다.

"대 고구려의 용사들이여! 참으로 잘 싸워주었노라! 우리의 승리다!"

"와아아아아아!"

2만여 명의 군사들이 일제히 각자의 무기를 들어올리며 고함을 질러댔다.

그 웅장한 모습에 태왕을 비롯한 고구려의 장수들은 흐뭇한 미소를 띠고 지켜보고 있었다.

* * *

같은 시각, 좌원 근처 질산(質山)의 한 골짜기.

두 무리의 군대가 서로를 향해 무기를 들이대고 대치 중이었다.

한쪽은 고구려의 대모달 계수가 이끄는 부대였고, 다른 한쪽은 태왕의 형이자 나라의 배신자 발기(拔奇)의 가병들이었다.

"형님, 이만 항복하십시오."

"네놈이 나를 끝까지 욕보이려 드느냐? 어서 덤비거라!
오랜만에 내가 가르쳐준 창술 한번 보자꾸나!"

"…이 방법까지는 쓰지 않으려 했습니다만."

날카로운 발기(拔奇)의 대응에 계수가 낮게 한숨을 내쉬
고는 고개를 돌려 뒤를 바라보았다.

그리고 그와 동시에 계수의 뒤에 서 있던 군사들이 양옆
으로 갈라서 길을 냈다.

"무슨 짓을 하려는 게……."

발기(拔奇)는 뭔가 등장할 것만 같은 불길한 느낌에 으름
장을 놓기 위해 입을 열었으나, 계수의 뒤로 등장하는 한
젊은 장수를 보고 말을 딱 멈추고 말았다.

"사, 사현이……."

"아버님."

고구려 장수의 갑주를 번쩍이며, 피가 뚝뚝 떨어지는 사
모를 굳게 쥐고 있는 사현의 모습이 발기(拔奇)의 눈에 들
어왔다.

키도 작고 왜소한 자신의 아들이라고 보기에는 너무도
위풍당당한 풍채를 가진 사현.

고작 열셋이 되던 해에 가병들을 목검으로 때려눕히는
것을 보며 얼마나 대견스러웠던가.

나중에 자신이 왕이 되었을 때 국가의 동량지재로서 너무도 믿음직스럽겠다고 생각했던 아이였다.

그러나 지금은 저 기다란 사모로 아버지인 자신의 목을 치기 위해 서 있었다.

아무런 감정이 느껴지지 않는 저 깊은 눈동자가 한치의 흔들림도 없이 이쪽을 향해 있었다.

"사현아."

"무기를 버리십시오, 아버님. 그래야 목숨이라도 부지하실 수 있습니다."

"……."

"절 아비를 벤 패륜아로 만들지 말아주십시오."

사현이 그렇게 말하며 오른손에 들고 있던 사모를 땅에 쾅 찍었다.

그러자 발기(拔奇)의 손이 떨려오기 시작했고, 눈에 뜨거운 눈물이 맺혔다.

"오늘만 해도 수백을 베었습니다. 그러나 그들은 모두 가병들이거나 연나부의 아들들. 제가 어릴 적 함께 뛰어놀았던 동무들이었고, 무예와 학문을 가르쳐준 스승들이었으며, 밥상을 차려주었던 아랫것들이었습니다. 그런 제게, 아버지마저 베라 하십니까?"

"……."

사현의 자조 섞인 말이 쏟아져 나왔다.

그리고 발기(拔奇)의 떨리던 오른손에서 기어이 그의 검이 쩽그랑 소리를 내며 땅에 떨어졌다.

그는 자신의 뒤를 바라보며 나지막이 말했다.

"모두 무기를 버리거라."

"주군!"

"버리라질 않느냐. 아까운 목숨, 어떻게든 보전할 생각을 하거라."

발기(拔奇)는 가병들의 무장도 모두 해제한 후 계수를 향해 말했다.

"내 가병들은 주군인 내 명령을 따른 죄밖에 없다. 나 하나만을 죽이고, 저들의 목숨은 구명해줄 수 있겠느냐?"

"폐하께 여쭈어보아야 할 일입니다만, 희망을 버리진 마시지요."

"…그래. 알았다."

힘없이 대답한 발기(拔奇)가 천천히 앞으로 걸어 나갔다.

포악하기 그지없었던 과거의 그와는 완전히 달라진 모습이었다.

아마 적국에 투항하여 고국을 침략하는 장수로 돌아올 때부터 마음의 갈등이 심했기 때문이리라.

거기에 자신의 목숨마저 초개처럼 생각하게 되니, 발기(拔奇)는 마치 한사람의 도인으로 느껴지기까지 했다.

그런 그를 보며 계수가 착잡한 목소리로 입을 열었다.

"죄인을 묶어라. 별다른 생각을 할 리는 없겠으나, 정중할 필요는 없다."

"예!"

그러나 어쩌랴.

그의 성정이 어찌 변했건, 그의 신분이 무엇이건 반역이라는 죄를 지은 것은 분명한 사실인 것을.

발기(拔奇)는 고구려 군사들에 의해 꽁꽁 묶여 끌려가는 신세가 되고 말았다.

그리고 자신의 주인이 그런 수모를 겪는 것을 꼼짝없이 지켜볼 수밖에 없었던 가병들은 땅을 치며 통곡했다.

* * *

"졸본으로 가십시오. 패자(沛者) 자리를 드릴 것입니다."

태왕은 너그러웠다.

"조용히, 그 누구의 눈에도 띄지 말고 야인으로 살아가도록 하십시오. 형수님께서는 형님의 곁에 있길 바라셨으므로 돌려보내드릴 것입니다. 형수님과 함께, 그곳에서 여생을 마치십시오."

"…고맙습니다."

발기(拔奇)가 태왕의 손에 이끌려 자리에서 일어나며 대답했다.

"졸본은 우리 고구려가 일어난 땅입니다. 속죄의 마음으로 선정을 베푸시길 기원하겠습니다, 형님."

태왕의 말과 함께 신대태왕의 첫째 아들 발기(拔奇)가 주도한 요동 태수 경추의 침공은 고구려의 대승으로 끝이 났다.

처분이 끝난 후, 발기(拔奇)는 비가 추적추적 내리는 마당에 꿇어앉아 하염없이 눈물을 흘렸다.

그리고 그 다음 날, 가솔들을 이끌고 졸본으로 향했다.

패자라는 직책이 있었음에도 불구하고, 발기(拔奇)는 태왕의 말대로 속죄의 마음으로 그런 것인지 성 안의 큰 집으로 가지 않았다.

그는 비류수 상류의 옛 비류국 땅에 가서 군사 초소를 마련해놓고 그곳에서 살았다.

이끌고 온 가병들에게 검은 옷을 입히고 강도 높은 훈련을 시켰으며, 이후 침략해오는 적들로부터 졸본을 지키며 살겠다는 뜻을 밝히기도 했다.

"기분이 이상합니다."

"무엇이 말이냐?"

"큰형님 말입니다."

발기와 연우가 두런두런 대화를 나누며 왕궁의 정원을

거닐었다.

큰형 발기(拔奇)가 졸본으로 가서 의용군을 조직한지 벌써 나흘.

고구려는 전쟁의 뒤처리를 하느라 정신이 없었다.

만 단위의 군사들이 충돌한 대전쟁이었기 때문이다.

그러나 그것은 태왕인 남무나 군부의 대모달 계수의 이야기였다.

별다른 직위 없이 검을 들고 싸웠을 뿐인 발기나 연우는 여유롭기 그지없었다.

그래서인지 이런 대화를 나눌 수 있었던 것 같다.

"그래도 목숨은 건졌지 않느냐. 그리고 폐하께서 큰형님을 살리겠다 하셨을 때 가장 불만을 많이 가졌던 네가 그런 말을 하니 이상하구나."

"그건 나라를 위한 생각이었습니다. 한번 배반한 자가 한번 더 배반하지 않는다는 확신을 하실 수 있습니까? 그렇지만 이제 전쟁이 완전히 끝나고 보니 형제들에 대한 생각이 나는 것뿐입니다."

"너도 참. 그 뜨거운 형제애가 폐하나 나, 계수에게도 이어지길 바라도록 하마."

"무슨 되도 않는 농담을 하고 그러십니까."

참으로 아이러니하다.

지금 이렇게 다정한 우애를 나누는 이 두사람이, 태왕의 사후에는 그 누구보다도 서로를 잡아먹지 못해 안달이 나는 원수지간이 되니 말이다.

$*\quad*\quad*$

그로부터 한달 후, 고구려 왕궁은 한 떼의 군마를 출병시키기 위해 분주한 움직임을 보이고 있었다.

그 군마의 대장은 다름 아닌 발기(拔奇)의 아들 사현.

아버지가 죄를 짓고 졸본으로 쫓겨난 이후, 여기저기서 오가는 적대감 어린 시선을 버티지 못하고 떠나겠다는 뜻을 밝힌 것이다.

"정말 가야겠느냐?"

"제가 이곳에서 할 수 있는 일이 있습니까?"

발기(拔奇)의 반란과 요동 태수 경추와의 전쟁 이후, 사현은 고구려 조정으로부터 고립되어가는 자신을 발견할 수 있었다.

한나라와의 국지전에도, 이민족이 쳐들어와 출병할 때도, 심지어는 자그마한 도적패를 토벌할 때도 고구려의 신하들은 사현의 출병을 반대해댔다.

역적의 자식에게 군사를 내줄 수 없다는 것이 그 이유였다.

또한 그들은 사현이 자신의 사병들을 이끌고 출정하는

것마저도 반대했다.

출정한 이후 무슨 짓을 꾸밀지 모른다는 것.

그러나 그들의 말에 어폐가 있는 것이, 졸본으로 가 의용군을 조직하고 있는 발기(拔奇)는 태왕의 지원까지 받아가며 휘하의 병력 수를 크게 늘리고 있었다.

그 수가 현재 무려 천여명에 달하는데, 그에 대해 문제를 제기하는 신하들은 아무도 없었다.

그러나 사현에게 고작 수백의 군사들을 맡기는 데는 목숨까지 내걸며 반대를 한다.

어떻게든 태왕이나 발기, 연우, 계수가 사현의 편을 들어주려 했으나 신하들이 계속 반대를 해대는 통에 보호할 수가 없었던 것이다.

그래서 최후의 방법으로 사현이 생각해 낸것이 바로 이것이었다.

"맥성(貊城)으로 가겠습니다."

맥성. 과거 예맥(濊貊)의 한 부족인 양맥(梁貊)이 거주하던 지역에 쌓은 성을 말한다.

과거 유리명왕(瑠璃明王)이 대모달 오이(烏伊)와 태대형 마리(摩離)를 시켜 점령한 곳이었다.

이 맥성은 고구려에서 요동으로 향하는 교통의 요지임과 동시에 전략적 요충지이기도 했는데, 만약 요동에서 고구려를 공격해온다면 반드시 이곳을 지나갈 수밖에 없었기 때문이다.

그만큼 이곳은 위험하기 짝이 없는 곳이었다.

부지기수로 일어나는 요동군과의 국지전이 대부분 이곳 맥성에서 있었다.

그렇게 위험한 곳인 만큼, 이곳을 맡는 장수는 3년을 넘기기가 어렵다는 것이 고구려 내의 정설이었다.

그래서 맥성의 책임자는 2년에 1번씩 바꿔주는 것이 관례였는데, 사현이 그 2년에 1번 바뀌는 책임자의 자리를 맡겠다고 나선 것이다.

당연히 신하들은 맥성 같은 요충지를 맡길 수 없다고 날뛰었다.

그러나 그들은 사현의 다음 말과 함께 쥐 죽은 듯 조용해졌다.

"그곳의 패자로서 임기는 종신으로 하겠나이다."

1년에 열댓번씩 전투가 벌어지는 그 맥성에서 죽을 때까지 종군하겠다는 뜻이 아닌가.

그 미친(?) 포부에 신하들은 모두 입을 다물 수밖에 없었다.

'사현 대신 갈 사람?'하고 태왕이 말한다면, 이곳에 있는 이들 중 자신 있게 손을 들 만한 사람이 얼마나 되겠는가.

"몸조심하거라."

"걱정해주시니 몸 둘 바를 모르겠습니다."

"고구려의 장수는 그 어떠한 상황에서도 죽음을 두려워해서는 안 된다만, 너는 다르다. 넌 이 고구려 왕실의 피가 흐른다는 것을 명심하거라."

"폐하께서 말씀하신 것이 있지 않습니까?"

"······."

"저는 이 고구려 왕실의 아들이기 이전에 대 고구려의 무장입니다. 싸움도, 죽음도 두려워하지 않습니다."

사현은 그렇게 말한 후 태왕에게 무릎을 꿇고 예의를 표했다.

그리고 태왕이 그 예를 받아주자 곧바로 자리에서 일어나 뒤돌아 걸어갔다.

보무도 당당하게 말에 올라 도열해 있는 사현의 사병들이 그를 기다렸다.

그들의 투구 끝에 달려 있는 고구려 정예군의 상징, 붉은 깃이 나풀거렸다.

"가자."

"예! 출병하라!"

성문이 열렸고, 맥성 패자 사현이 이끄는 1천의 철기병이 국내성을 나섰다.

* * *

183년 11월 15일, 붉은 석양이 곧 사라질 태양을 배웅하던 그 시각.

"쉿, 조용!"

양맥 지역의 한 마을 인근에 웬 사내들이 몰려와 있었다.

그들은 동물의 털과 가죽으로 몸을 감싸고 있었으며, 투박한 박도와 죽창 등으로 무장하고 있었다.

"마을을 습격하면 노인과 남자들은 모두 죽이고 여자들만 살려서 간다. 아이들은 남녀를 불문하고 잡아들이도록 해라."

"알겠습니다."

그러나 가난에 몸을 떨다 일어난 하호민 출신 도적으로 보이는 외관과는 다르게 그들은 아주 세련된 한어(漢語)를 사용하고 있었다.

또한 상하 위계질서도 확실한지 장창을 들고 있는 한 사내의 명령에 철저히 복종하고 있었다.

"맥성의 '전귀(戰鬼)'가 당도하기 전에 모든 것을 끝내야 한다. 해가 완전히 지기 전에 다시 이곳으로 모인다. 늦는 놈들은 두고 갈 테니, 각자 알아서 행동하도록. 질문은?"

"없습니다."

"가자!"

우두머리로 보이는 이의 명령이 떨어지기가 무섭게 수십 명의 사내들이 마을을 향해 돌격했다.

그리고 잠시 후, 마을의 이곳저곳에서 불길이 오르고 비명소리가 터져나오기 시작했다.

"꺄아아악!"

"잡아라!"

치마를 두른 여자라면 닥치는 대로 잡기 시작했고,

푸욱!

"커억!"

어떻게든 농기구라도 들고 반항을 해보려 하는 남자들은 전부 잔인한 칼날 아래 목숨을 잃어갔다.

"아, 안 돼!"

아직 젖도 떼지 못한 아이를 품에 꼭 안은 여인이 천천히 다가오는 사내를 공포에 질린 눈으로 바라보며 부들부들 떨었다.

어미의 공포가 아이에게도 그대로 전해지는지, 아이는 우렁찬 울음소리를 내지르고 있었다.

그러나 그 비명이나 울음소리가 사내에게는 전혀 전달되지 않는 모양이었다.

그는 우악스러운 손길로 아이를 빼앗으려 했다.

자신이 맡은 것이 '아이들을 잡는 것'이었기 때문이다.

이 여자는 젊어 보이니 다른 동료들이 알아서 잡을 것이다.

그래서 그는 아이만을 빼앗으려 했다.

그런데 그때.

퍽!

"으악!"

그는 뒤통수에서 어마어마한 고통을 느끼고 비명을 지르며 땅바닥으로 쓰러졌다.

그리고 그 뒤에서 웬만한 성인 남성의 허벅지만 한 두께의 나무 몽둥이를 들고 씩씩대는 여인의 남편이 나타났다.

쓰러진 사내에게는 머리를 보호할 만한 방어구도 없었으므로 저만한 몽둥이에 직격당했다면 즉사했으리라.

"꺄, 꺄악!"

쓰러진 사내의 머리에서 튄 피가 여인에게까지 날아가자, 그녀가 찢어지는 듯한 비명소리를 냈다.

그러나 그 와중에도 아이를 품에 안은 손에서는 힘을 빼지 않았다.

"빨리, 빨리 도망쳐! 내가 넘겨줄 테니까 뒷담 넘어서 도망쳐! 야산 하나만 넘으면 성주님이 오고 계실 거야. 어서!"

남편은 여인의 팔목을 잡고 방 밖으로 이끌었다.

그리고 집 뒤로 돌아가 담의 밑에 엎드렸다.

"연이는 나한테 주고, 어서 넘어가, 어서!"

여인은 품에 안고 있던 아이를 남편에게 넘겨주었다.

그리고 잠시 머뭇거리다가 남편의 호통을 한소리 더 들

고 나서야 등을 밟고 담을 넘어갔다.

그러자 남편이 아이를 다시 담 너머의 여인에게 건네주었고, 아이를 받은 여인이 다급히 외쳤다.

"얼른 넘어와요! 아직 도적들이 보이지는 않는 것 같아요."

"먼저 가! 지금 마을 남자들이 모여서 맞서 싸우기로 했어. 난 지금 중간에 빠져 나온 거라고. 어서 가서 성주님께 빨리 와달라고 해! 어서!"

"같이 가요. 같이 가서 도와달라고 해요!"

"얼른 가라니까! 가라고 했을 때 갔으면 중턱까지는 갔겠다! 어서 가! 어서!"

남편은 그렇게 말하고 몸을 돌려 몽둥이를 집어든 후 획 달려가버렸다.

그리고 홀로 남은 여인이 남편의 뒷모습을 바라보며 비통한 울음을 터트렸다.

"연이 아버지! 흑흑……."

* * *

"모두 불태우고, 죽이고, 잡아라! 시간이 없다! 최대한 빨리 움직여라!"

"으악!"

침략자들을 이끄는 사내가 목청껏 지시를 내리다가 자신을 향해 덤벼드는 남자를 향해 창을 내질렀다.

남자는 힘없이 들고 있던 몽둥이를 떨어트리며 땅으로 쓰러졌다.

우두머리는 쓰러진 이에 대해 그다지 마음을 두지 않고 저 멀리 보이는 자신의 부하를 향해 달려갔다.

"어찌 이렇게 진척이 느린 게야! 생존자가 있어서는 아니 된다! 모두 죽여야 해!"

"그것이, 저항을 하는 놈들이 있습니다! 뭉쳐서 이리저리 도망 다니며 돌멩이나 화살을 날려대는 통에 피해가 생겨나고 있습니다!"

"일개 마을의 농사꾼들일 뿐이다! 그깟 농기구가 무서워서 일을 하지 못하고 있단 말이냐!"

"농사꾼들이 아니라 산을 누비며 호랑이를 잡아대는 사냥꾼들입니다! 활솜씨들이 예사롭지가 않습니다!"

"그래봐야 정식 군사 훈련도 받지 못한 민병들이 아니더냐! 그러라고 군의 돈으로 네놈들을 훈련시킨 줄 알아!"

"조금 더 독려하겠습니다!"

"서둘러야 한다. 곧 전귀가 당도할 것이야!"

우두머리는 자신이 언급한 '전귀'를 떠올리며 몸을 부르르 떨었다.

몇 차례 전장에서 마주한 적이 있었다.

그리고 그때마다 그 홍안(紅顏)의 장수가 보여주었던 무시무시한 용맹은 모든 이들에게 공포의 대상이 되어 있었다.

그러면서 붙은 별명이 '맥성의 전귀'.

'분명 보고가 들어갔을 것이다.'

도망자가 있어서는 안 된다고 엄포를 놓기는 했으나, 일이 돌아가는 꼴을 보니 도망자가 아예 없다고는 절대 할 수 없는 상황이 되어버렸다.

이렇게 시간을 끌어버렸으니, 분명 틈을 보아 도망친 이들이 있을 것이 분명했다.

게다가 집에 불을 붙였으므로 검은 연기들도 하늘을 뚫어버릴 기세로 오르고 있었다.

그러면 그 '맥성의 전귀'에게 이 마을의 상황이 알려질 테고, 그는 분명히 군사들을 이끌고 달려올 거다.

만약 그들과 자신들이 부딪힌다면…….

'전멸.'

그와 그의 부하들은 꼼짝없이 비참한 죽음을 피할 수 없으리라.

"공손 장군!"

"예, 도련님!"

우두머리의 부름에 '공손 장군'이라고 불린 이가 달려왔다. 그러자 '전멸'에까지 생각이 미친 우두머리가 급히 말했다.

"이만하면 됐습니다. 집들에 불을 지르고 확보한 포로들만 데리고 복귀해야겠습니다. 어서!"

"알겠습니다!"

명령을 받은 사내가 검을 휘둘러 날아오는 화살을 하나 쳐낸 후 부하들에게로 달려갔다.

그러자 곳곳에서 불길이 오르기 시작했다.

"퇴각하라! 퇴각하라!"

여기저기서 부장들의 외침이 들렸다.

그리고 그 외침을 따라 부하들이 마을을 빠져나갔다.

그들의 손에는 납치한 여자들을 줄줄이 묶은 줄이 들려 있었고, 여자들을 전혀 배려하지 않은 걸음걸이로 앞장서 나가고 있었다.

그 때문에 여자들은 넘어지고 끌려 온몸에 상처를 입으며 비명을 지르고 있었다.

"후… 그나마……."

우두머리가 하늘을 올려다보았다.

아직 해가 지기 전이었다.

간신히 시간은 맞춘 듯했다.

마을을 완전히 전멸시키지는 못했어도 돌아가 할 말은 있게 되었다.

고개를 끄덕여 오늘의 성과에 대한 만족을 표한 그가 뒤를 따르던 부하 둘과 함께 마을을 벗어나기 위해 발걸음을 옮겼다.

그런데 그때, 바람을 가르는 소리가 들려왔다.

쐐애액! 퍽!

"으악!"

그리고 곧바로 우두머리의 부하 하나가 괴성을 지르며 땅으로 쓰러져버렸다.

경악한 우두머리가 뒤를 돌아보니, 자신의 부하가 목에 화살을 꽂은 채 죽어 있었다.

"이익! 어떤 놈들이……."

우두머리는 민병들 중 하나가 화살을 날린 것이라 판단하고, 화살이 날아온 방향 쪽으로 고개를 돌렸다.

그리고 그 방향에서 달려오는 누군가를 발견하는 순간, 그의 몸이 딱 굳어버렸다.

"…어, 어떻게."

다그닥, 다그닥, 다그닥…….

단 한기, 단 한기의 기병이었다.

검은 철갑을 두른 말 위에 올라탄 남자는 마갑과 똑같은 색의 철갑옷을 입은 채 이곳으로 달려오고 있었다.

마을 뒤편의 야산을 넘어 이곳으로 곧바로 달려오는 그 철기병의 모습은 마치 나락에서 기어 올라온 악귀와도 같아 보였다.

그리고 그 악귀의 정체를 이 우두머리는 너무도 잘 알고
있었다.

"저, 전귀······."

우두머리가 그렇게 중얼거리는 순간, 악귀가 손에 들고
있던 활에 화살 두개를 한번에 매기고 시위를 당겼다.

그리고 곧바로 놓았다.

피핑!

우두머리와 하나 남은 그의 부하는 자신들을 향해 날아
오는 죽음의 손길을 멍하니 바라보고만 있었다.

　　　　　*　*　*

"개같은 놈들."

맥성 패자, 사현이 이를 갈며 말을 달렸다. 아직 마을 안
에 남아 있던 놈들은 화살 세대로 처리한지 오래.

그는 마을 밖으로 도망친 자들을 처치하고 잡혀간 이들
을 구출할 생각이었다.

"젠장. 조금만 더 빨랐어도."

마을로 달려오던 중 만난 여인네에게 들어 사태의 심각
성을 깨달은 그는 부장 자승(紫承)에게 야산을 돌아 진군
하라 이르고는 홀로 야산을 넘어 마을로 돌진해온 참이었
다.

아마 그 여인네의 남편은 살아남지 못했을 것이다.

활과 화살을 다루는 이였다면 멀찍이서 화살을 날려대며 살아남을 수 있었겠지만, 몽둥이 하나만을 가지고 무기를 든 이들을 상대하기에는 조금 무리가 있는 것이 사실이었으니까.

전생에 부인을 잃어보았던 사현이다. 배우자를 잃은 심정이 어떤 것인지 잘 아는 그는 이를 악물고 말을 몰았다.

죽은 이를 살릴 수는 없는 법. 그렇다면 그를 죽인 놈들을 모조리 참살하여 원혼이라도 달래는 것이 백성을 지켜야 하는 군인으로서 해야 할 일일 것이다.

마을을 지나친지 얼마 되지 않아 도망친 놈들의 뒤통수가 눈에 들어왔다. 포로들을 데리고 있어서 그런지 얼마 도망가지 못한 상황이었다.

목표를 발견한 사현의 눈에 살기가 번뜩였다.

그리고 그의 손에 들린 장사모가 천천히 들어올려졌다.

'맥성의 전귀'가 또다시 혈풍을 몰고 오기 시작했다.

* * *

쾅!

요동 태수의 집무실. 수많은 장수들 앞에 털가죽 옷을 입은 사내 하나가 무릎을 꿇고 앉아 있었다.

"그깟 마을 하나를 제때 약탈하지 못해서 부하를 모두 잃었단 말이냐! 게다가 네 상관을 버리고 도망쳐와? 그것이 장수로서 할 일이냔 말이야!"

요동 태수 경추가 분노를 참지 못하고 길길이 날뛰었다. 그가 던진 붓이 사내의 얼굴을 맞혔고, 그 붓에서 튄 먹물이 입술을 더럽혔다.

"네놈은 물러가서 근신하고 있으라! 차후에 처분을 결정할 것이니!"

"…알겠습니다."

사내는 천천히 자리에서 일어나서 방을 벗어났다.

그가 방문을 나서려 하는데, 전령 하나가 우렁차게 외치며 들어왔다.

"태수님! 요서의 향로교위(降虜校尉)가 보낸 서신입니다!"

"향로교위?"

"오환(烏桓)이 두려워한다는 북평(北平)의 장사(長史)가 아닌가!"

주변의 장수들이 웅성거리는 소리가 들려왔다.

그러나 사내는 그 소리에 더 이상 집중할 정신이 남아 있지 않았다. 그가 터덜터덜 걸어 태수의 집무실을 빠져나오는데, 누군가 다가와 말을 걸었다.

"이보오, 숙제(叔濟)."

98

"아, 장중(張衆)."

장중이라 불린 사람은 경추의 동생 경부(耿敷)였다.

"너무 낙심하지 마시오. 조카가 죽은 것은 안타까우나 그것이 숙제의 탓은 아니질 않소. 지금 형님이 저러는 것은 그저 아들이 죽은 것에 대한 상심이 드러난 것일 뿐이오. 아들 잃은 아비의 심정을 이해해주시구려."

"내 어찌 모르겠소. 그래서 아무 변명 없이 처분만 기다렸소이다."

숙제라 불린 이 사내의 이름은 공손도(公孫度).

한때는 기주자사까지 지낸 인물이었으나 파직된 후 경추의 밑에서 장수로 일하고 있었다.

이날 그가 상관으로 모시고 작전을 나갔다 잃고 돌아온 자는 바로 태수 경추의 맏아들로, 지모가 출중하고 무예도 뛰어나 경추가 후계자로 점찍었던 인물이었다. 그러나 '맥성의 전귀'라 불리는 이에게 목숨을 잃고 말았고, 그에 따른 경추의 분노를 공손도가 홀로 받은 것이다.

"곧 형님께서 부르시어 사과의 뜻을 밝히실 터이니 기다리시구려. 애초에 그 전귀 놈이 버티고 있는 맥성으로 보내신 것 자체가 실책이었소. 내가 그것을 형님께 말씀드리리다."

"고맙습니다, 장중."

경부를 보낸 공손도가 발걸음을 옮겨 관아를 벗어났다.

그리고 자신의 집으로 향하며 한숨을 푹 내쉬었다.

"전귀… 맥성의 전귀……."

맥성의 전귀 사현.

2년 전부터 갑자기 등장해 모습을 드러내는 곳마다 한나라군의 시체를 산처럼 쌓고 사라지는 인물이었다.

사모라 하였던가. 들어본 적도 없는 그의 무기 아래 쓰러진 요동군의 장수가 이미 수십이었고, 군사들의 수는 이미 헤아릴 수도 없었다.

언제나 일선에 서서 싸움에 참여하며, 한나라군의 피로 흠뻑 젖고 나서야 숨을 고르는 그의 모습이 악귀와도 같다 해서 붙여진 별명이 '맥성의 전귀'.

게다가 그는 그 용맹만 대단한 것이 아니라 지겹도록 일어난 전투들에서 단 한번도 패하지 않은 것으로 유명했다.

요동군이 아무리 머리를 굴려 허점을 공략해도 언제나 그들의 머리 위에서 노는 듯 전략을 역이용해 반격을 가해 버리곤 했다. 그리고 만약 책략이 제대로 먹혀들지 않는다면 특유의 그 어마무시한 힘으로 요동군의 전략을 깨버리곤 했다.

그러면서 그의 악명은 한나라군 사이에서 높아질 대로 높아졌고, 그에 대한 정보를 얻기 위해 첩자들을 파견했다. 그리고 수많은 첩자들이 피를 흘리며 그에 대해 알아낸 것은 고작 그가 고구려 왕실의 일원이며, 사현이라는 이름을 가지고 있다는 것뿐이었다.

공손도 또한 그에게 수도 없이 패했고, 그 기다란 사모에 목숨을 잃을 뻔한 것이 한두번이 아니었다.

이번 작전에 있어서도 살아 돌아온 자들이 그를 포함해 부장 둘뿐이었다.

등 뒤에서 내리찍어지던 장사모를 피해 땅을 굴렀다가 낭떠러지 아래로 떨어져 버린 것이 오히려 목숨을 구하는 천운(天運)으로 작용한 것이다.

그 때문에 온몸에 안 아픈 곳이 없었다.

그러나 일단 살아남았다는 안도감과 또다시 패한 데다 주군의 아들마저 잃었다는 자책감이 교차하며 그의 마음을 괴롭히는 통에 고통이 전혀 느껴지지 않고 있었다.

공손도가 그런 생각에 잠겨 하염없이 걷는 사이, 그는 곧 집에 도착할 수 있었다.

하인이 대문을 열어주자 마당에서 놀던 아들, 공(恭)이 달려왔다.

"아버님!"

"공이구나."

그제야 공손도는 미소 지을 수 있었다.

자신의 늦둥이 아들. 물론 서자인 큰아들이 있었고 그 아들도 못지않게 사랑하지만, 그래도 저렇게 방긋방긋 웃으며 자신을 반겨주는 적자를 보니 웃음이 새어나오는 것을 막을 수가 없었다.

　그래서 그는 아들을 잃고 상심해하는 태수 경추의 분노를 별다른 불만 없이 받아들일 수 있었던 모양이었다.

*　*　*

"죽은 이는 몇이나 되는가?"

"예. 남자들과 노인들만 죽었습니다. 병사로 쓸 수 있었던 병사들이 열여덟, 노인들은 아홉이 죽었습니다."

"더러운 놈들. 백성들까지 죽이다니."

"그래도… 습격한 적들의 수를 감안하면 적은 수입니다."

"……."

사현이 보고를 한 선인(先人)을 물끄러미 바라보았다.

그러자 그가 황급히 고개를 조아리며 외쳤다.

"죄송합니다, 성주님!"

"말을 가려 하라. 죽은 백성들의 시신 앞이다."

"…알겠습니다."

사현이 다시 고개를 돌려 백성들의 시신을 바라보았다.

그리곤 침울한 목소리로 말했다.

"잡혔다 풀려난 이들은? 전투 중에 화를 당하진 않았는가?"

"죽은 이는 없습니다만, 대신 부상이 많습니다. 그리고 여자들과 아이들은 고의로 죽이지 않은 모양입니다."

"끌고 가서 노예로 팔아먹을 생각이었겠지. 적들의 시체는 모두 목을 베어 마을 입구에 꽂아두도록 하라. 포로 따위는 필요 없다."

"예, 성주님."

명령을 내린 사현이 주변에서 흐르는 냇가로 다가가 사모에 묻은 피를 씻어냈다.

오늘도 그의 장사모에 죽어간 이가 수십을 넘어갔다.

"비열한 놈들. 백성들에게 무슨 죄가 있단 말인가."

이런 침공이 워낙 자주 있었기 때문에 사현 본인에게는 그다지 크게 다가오지 않았다.

그러나 폐허가 된 마을에게 있어서는 그렇지가 않았다.

농사를 짓고 때로는 사냥을 하며 평화롭게 살아가던 마을이었다.

매달 사냥한 사슴, 꿩 등을 가지고 와 내밀며 미소 짓던 순박한 백성들이었다. 그랬던 그들이 저 요동의 포악한 악적들에 의해 죄 없는 목숨을 잃었다.

"위선으로 가득한 것들 같으니."

전생의 송나라 조정도 마찬가지였다.

애초에 그가 양산박으로 들어가게 된 이유도 세금을 걷어 민생을 살피겠다는 허울뿐인 명분 아래 자행되는 권력자들의 무분별한 수탈에 분노했기 때문이다.

그리고 귀화한 후 외적과 반란군들을 수많은 피해를 입어가며 소탕하고 나니 자신들의 권력에 피해를 줄까 두려워 견제와 시기질투를 일삼았다.

"이래서 내가 요하를 넘고 싶지가 않아."

어찌 되었건 전생의 사현은 중원인이었다. 따지고 보면 그의 정신만큼은 한나라 출신이라고 보는게 맞았다.

그러나 전생의 기억과 현재 고구려의 왕족으로서 얻은 경험들을 모아 고민한 결과, 그는 중국으로 돌아가지 않겠다고 결심했다.

안 그래도 송나라의 동맹국이었던 고려의 문화를 동경하던 그다. 게다가 그가 다시 태어난 이 사현이라는 인물은 고구려의 왕족이지 않은가.

그래서인지 이 고구려에서의 삶은 그다지 나쁘지 않아 보였다. 그러나 사람 사는 곳이 모두 같듯이 고구려 역시 글깨나 읽었다는 것들은 똑같았다.

대농장을 운영하며 하호들을 수탈하는 것은 물론이고, 군공을 많이 세운 사현을 견제하여 참소하는 것까지.

송나라의 간신 채경, 고구 등이 하던 짓 그대로였다.

"그래도 저 중원의 견자들보다는 훨씬 온순하지."

그래도 이 고구려의 책상물림들은 최소한 사현을 죽이려 들지는 않았으니까.

그나마 사람 같은 이들이라고나 할까.

"성주님!"

그렇게 상념에 잠겨 있는 사현을 누군가 불러왔다.

부모달 극천(克擅)이었다.

"무슨 일인가?"

"그 여인네와 아이는 어찌할까요?"

"아… 그 모녀 말인가."

야산을 한달음에 넘어 사태의 심각성을 알린 여인과 그 아이를 말하는 모양이었다.

"또한 이번에 남편을 잃은 미망인들이 다수 있습니다. 그들을 어찌해야 하겠습니까?"

"취수할 형제들이 있는 이들이 있나?"

"절반 정도는 되는 것 같습니다. 그 외에는 어찌합니까?"

"일단 성 안으로 들여 지낼 곳을 마련하도록 하게. 그리고 야산을 넘었던 모녀에게는 더 좋은 집을 주고, 집안일을 도울 노비도 내주도록 해."

"알겠습니다."

극천이 물러가고 사현도 물에 담갔던 사모를 꺼내 물기를 닦았다. 그리고 발걸음을 옮겨 근처에서 풀을 뜯어먹고 있는 말을 향해 다가갔다.

푸르르. 푸르르.

"그래그래… 고생했다."

사현이 자신을 발견하고 머리를 비벼오는 애마의 갈기를
쓰다듬어주었다. 그리고 날렵하게 말등 위로 올라타고 근
처에서 대기하던 병사에게 말했다.

"자승 부장에게 전하거라. 난 성으로 돌아가 국내성으로
전령을 보낼 테니, 이곳의 정리를 마치고 복귀하라고."

"예, 성주님!"

* * *

다음 날 오후, 국내성에 사현이 보낸 전령이 당도했다.

전령이 가지고 있던 보고서는 곧바로 태왕에게 전달되었
다.

"하하하하!"

사현의 보고서를 읽은 태왕이 대소했다.

그러자 계수가 물어왔다.

"무슨 내용이옵니까, 폐하?"

"직접 읽어보도록 해라."

태왕이 넘겨주는 보고서를 받아든 계수는 잠시 후 만족
스러운 미소를 지어 보였다.

그리고 그런 계수에게 태왕이 말했다.

"이제 고구려 최고의 장군이라는 칭호를 조카에게 넘길

때가 되었나보구나, 아우야."

"하하… 그러게 말입니다. 이제 스물밖에 안 먹은 녀석의 전공이 어마어마하군요."

[대고구려 태왕 폐하께 맥성 패자 고사현이 아뢰옵니다. 요동군 태수 경추의 장자 경부가 휘하 군사 100여명을 이끌고 인근 촌락을 공격하였으나 폐하의 군대가 용감히 나아가 맞서 싸워 승리하였사옵니다. 피해는 전무하옵고, 백성 30여명이 피해를 입었나이다. 그 대가로 적장 경부를 참살하였사오며, 경고의 의미로서 마을 입구에 효수하였사옵니다. 적의 생존자는 10여명도 되지 않을 것으로 보이며 나머지는 전원 사살하여 포로는 남기지 않았사옵니다. 이에 승전을 보고 드립니다. 대고구려 태왕 폐하, 만세.]

"참으로 든든하지 않은가. 이런 승전보가 이번 달에만 도대체 몇 번이냔 말이야."

이달에 들어와 사현이 보낸 승전보만 정확히 6번째다.

매번 요동군의 한나라군을 수도 없이 참살하며 통쾌한 승리를 알려오는 사현이었다.

이미 요동군에서 공포의 이름이 되어 있는 '맥성의 전귀'라는 별칭 역시 국내성에도 잘 알려져 있었다.

"그야말로 전신(戰神)이 아닌가! 으하하하하!"

"모두가 폐하의 홍복이십니다.

"패자 사현에게 양맥을 식읍으로 내릴 것이니, 절차를 논해 올리도록 하라."

"폐, 폐하!"

신료들이 눈을 부릅뜨며 외쳤다. 양맥을 식읍으로 내린다는 말에 놀란 것이다. 양맥이 어디인가. 맥성이 있는, 과거 맥족들의 나라가 있던 땅이다.

그러니까 지금 태왕의 명령이 그대로 시행되면 사현은 맥성과 그 일대를 식읍으로 가지게 되는 것이다.

애초에 맥성의 패자는 양맥 지역의 군 통수권을 가진다. 거기에 그 땅을 식읍으로 받게 되면 그 지역의 생산물마저 독점하게 되는것.

한마디로 양맥 지역의 '지배자'가 된다.

그래서 신하들을 대표해 중외대부(中畏大夫) 어비류(於卑留)가 입을 열었다.

"폐하, 패자 사현은 이미 그곳의 군권을 쥐고 있는 장수입니다. 식읍을 주시려면 국내성 부근의 땅을 주시는 것이 마땅하옵니다."

그러자 평자(評者) 좌가려(左可慮)를 비롯한 신하들이 입을 모아 반대를 시작했다.

"이미 그는 비류수 강가에 식읍을 가지고 있사오며, 그

108

곳에는 제 아비의 수천 군대가 주둔해 있는 실정이옵니다."

"패자 사현은 지금도 위협적인 군사력을 가지고 있사옵니다!"

"그러하옵니다. 호랑이에 날개를 달아줄 이유는 없사옵니다."

"만일 딴마음이라도 품는다면……."

"다들 그 입 다물지 못할까!"

신하들의 반대를 가만히 듣고 있던 태왕이 분노를 터트렸다. 그리고 태왕의 격앙된 음성이 신하들의 고막을 강타하기 시작했다.

"지금 그대들 중에 패자 사현만한 공을 세운 이가 있는가? 그만한 능력이 있는 이가 있는가! 그것도 아니라면 전장에 그 어떠한 부하들보다도 앞서서 무기를 들고 뛰어들 수 있는 용기를 가진 이가 있는가! 만약 있다면 나서도록 하라! 지금 당장이라도 그자를 맥성의 패자로 임명하고, 양맥의 땅을 식읍으로 내릴 테니!"

"……."

갑자기 터진 태왕의 분노에 신하들은 별다른 대꾸도 하지 못하고 고개만 조아릴 뿐이었다.

"애초에 패자 사현은 왕족이니라! 짐의 조카란 말이다! 그대들의 참언 때문에 저 외지에 나가 고생하고 있는 자식과도 같은 아이다! 지금 당장이라도 불러들여 내 곁에 두고 싶으나, 그리하면 그대들이 또다시 말도 안 되는 이유를 들며 반대할 것이 뻔하지 않은가! 국론을 분열시키고 싶지 않아 참고 있는 것임을 왜 몰라! 내 지금 울며 그를 멀리하고 있으니(泣遠嗣炫)! 더 이상 이 일에 관해 논하는 자는 엄히 다스릴 것이야!"

신하들은 감히 입을 열지 못했다.

요동으로!

　그로부터 한달 후, 사현이 지키고 있는 맥성으로 요동군에서 보낸 전령이 도착했다.

　전령은 백기를 휘두르며 성문 앞으로 달려와 목청껏 외쳤다.

　"요동군 태수님의 전령이오! 성문을 열어주시오!"

　전령의 우렁찬 목소리에 수문장 다루(茶樓)가 성벽 아래로 고개를 내밀었다.

　그는 성문을 열어주라고 신호를 보낸 후 옆에서 지켜보던 부장에게 명령을 내렸다.

　"지금 바로 성주님께 알려라. 요동군에서 사자가 왔다

고."

"알겠습니다."

명령을 받은 부장은 곧바로 말을 달려 성주의 관아로 달려갔다.

그리고 다루는 답신이 올 동안 요동군의 전령이나 만나 볼 생각으로 성벽 밑으로 내려갔다.

성 안으로 들어온 전령은 말에서 내린 채 군사들의 삼엄한 감시에 둘러싸여 있었다.

"요동군에서 무슨 일로 이곳까지 그대를 보내온 것인가?"

다루가 지나가는 투로 물었다.

그러나 전령의 대답은 단호했다.

"성주님을 뵙고 말씀드릴 것이오. 그전까진 절대 말할 수 없소."

"……?"

별생각 없이 물었다가 세게 얻어맞은 느낌이라 다루는 얼떨떨한 표정으로 입맛을 다실 수밖에 없었다.

"직책이 어찌 되는가?"

"양평현위(襄平縣尉)올시다."

"현위?"

현위라고 하면 그 현의 수비를 맡은 직책이다.

그렇게 높은 직책은 아니라고 해도 중요한 위치임에는

틀림이 없는 자리이자 무장(武將)들의 관직이다.

양평은 요동군의 치소(治所)가 있는 본성.

그런 곳을 지키는 장수를 엄연히 적진인 맥성에 사자로 보낸다니?

아무리 태수가 있는 성이기에 현위의 중요도가 낮아진다고 해도 한 사람의 장수가 아까운 이 상황에 벌일 짓은 아니었다.

'태수에게 밉보였나?'

다루가 고개를 갸웃했다.

그러는 사이 관아에서 부장이 와서 전령을 데려갔다.

그러자 다루가 옆을 흘끗 바라보며 물었다.

"이봐, 부장. 현위의 윗자리가 현령(縣令) 아니던가?"

"그렇습니다. 현령의 바로 아랫자리가 현위입니다. 숙위조의(宿衛皂衣)의 역할 정도라고 보시면 될 것 같습니다."

"그런데… 왜 그런 자를 전령으로 보낸 거지?"

"무슨 말씀이십니까?"

부장이 되묻자 다루가 진지한 얼굴로 말했다.

"내가 이 군대 밥을 먹은지 벌써 5년이 넘어가는데 말이야, 그동안 느낀게 하나 있어."

"그게 뭡니까?"

"그 어떤 상황에서도 자신의 막료 장수를 적진으로 보내는 법은 없다.”

“…그건…….”

“요동군에 있어서 이곳은 엄연한 적진이다. 그걸 부정할
수는 없을 거야. 게다가 저놈들의 시선에서 이곳은 귀신의
땅이 아니더냐.”

“…….”

맞는 말.

요동 군사들에게 사현은 그야말로 공포의 대상이다.

이름만 들어도 벌벌 떠는 이들이 태반이고, 농담 반 진담
반으로 ‘우는 아이에게 사현의 이름을 대면 그친다’는 이
야기도 있을 정도다.

단언하기는 어려우나 한나라군은 사현을 포악한 망나니
정도로 생각하고 있을 가능성도 컸다.

게다가 애초에 고구려인들을 오랑캐로 보는 그들이니 사
자라고 해서 살려 보낼 것이라는 확신도 하지 못했을 것이
다.

그런데 현위라는 중요 직책에 있는 자를 전령이라고 해
서 보내왔다?

“그래도 그만큼 중요한 사항이라거나 성주님께서 사자
를 죽이시지 않으리라 믿고 있다거나 하여 보낸 것일 수도
있습니다.”

“그럴 수 있지. 당연히 그럴 수 있어. 아니, 오히려 그편

이 더 가능성이 높지. 그렇지만 반대의 경우라면, 상황이 좀 애매해질 수 있다."

"너무 깊게 생각하시는 것 아니겠습니까? 저자가 성주 님께 요동 태수의 뜻만이 아닌 다른 이야기를 할 수도 있다는 겁니까?"

"그렇지. 이곳이 죽을 자리일 수도 있는데 보낸 자들을 모시고 있는 놈이다. 죽음을 앞둔 자는 어디로 튈지 몰라. 막다른 곳에 몰리면 쥐도 고양이를 무는 법이거든. 게다가 요동군과의 전투에서 한번도 본 적이 없는 놈이야. 요동군의 장수들은 대체로 알고 있다고 생각했는데, 현위씩이나 되는 놈의 얼굴을 내가 모를까. 그러니까 저놈은 전투에도 제대로 나오지 못해 공적을 쌓을 기회도 잘 받지 못했다는 이야기도 된다. 그런데 이런 식으로 적진 한복판에 사자로 오다니. 장수의 입장에서는 어떤 느낌일까?"

"⋯⋯."

부장은 다루가 자그마한 것에 너무도 큰 의미를 부여하고 있는건 아닌가 하는 생각이 들었다.

그러나 혼자 상상의 나래를 펼치고 있는 모습이 뭔가 귀여워 보였는지 별다른 토를 달지 않고 지켜보고 있었다.

* * *

"그래, 요동군 태수가 내게 전하고자 하는 뜻이 무엇인가?"

사현이 전령을 맞이하며 곧바로 물었다.

그러자 전령이 사현의 눈을 똑바로 쳐다보며 말했다.

"태수께서는 성주께 화친을 요청하고 계십니다."

"화친?"

"그렇습니다. 잦은 전투로 저희 요동이나 장군의 양맥이나 피해가 많은 것으로 알고 있습니다. 해서 얼마간의 휴전을 제안하고 오라는 명령을 받았습니다."

"웃기는 소리! 매번 먼저 공격해오는 것은 네놈들이다. 그러다 피해가 생겼다고 하여 대뜸 휴전을 청한다? 말이 된다고 보는가?"

"……."

사현이 대뜸 역정을 냈다.

그러나 전령은 반박할 말이 없는지라 묵묵히 듣고만 있었다.

"그리고 네놈들이 하는 말은 믿을 수가 없다. 언제나 거짓말을 밥 먹듯이 하는 자들이 아닌가? 억울해하지는 마라. 내가 네놈들에 대해 제대로 알지 못해 지금껏 해댔던 거짓말들을 다 믿었다면, 이곳 맥성이 어떻게 되었을지는 생각만으로도 끔찍하다."

"…알겠습니다."

"태수의 명령을 이행했으면 나가보아라."

사현은 더 이상 볼일이 없다는 듯 고개를 숙여 보고 있던 보고서로 시선을 돌렸다.

그러나 전령은 여전히 그 자리에서 머물고 있었다.

"물러가라는 말을 듣지 못했는가?"

사현이 불쾌함을 표출했으나, 전령은 움직임이 없었다.

오히려 당돌하게 입을 열어 자신이 할 말을 꺼내고 있었다.

"제가 맡은 진짜 임무를 아직 수행하지 못했습니다."

"진짜 임무?"

사현이 날카로운 눈빛으로 전령을 쏘아보았다.

"성주님께 무례를 저지르라는 임무는 아닙니다. 한가지 일을 공모하자는 뜻을 전달하기 위해 왔습니다."

"왜. 요동태수가 한나라 조정에 반란이라도 일으킨다고 하던가?"

"요동태수의 뜻이 아닙니다. 절 보낸 것은 요동태수와 양평현령이지만, 그 명령에 순순히 따른 것은 다른 분의 명령을 이행하기 위함입니다."

"호오."

뜻밖의 말에 사현이 눈에 이채를 발했다.

"그럼 누가 보낸 것이지?"

"요동장사 공손찬(公孫瓚) 장군입니다."

"공손찬……."

공손찬.

자는 백규(伯圭)라고 하는 한나라의 무장이었다.

'공손(公孫)'이라는 성씨를 보건대 고관의 가문 출신인 것은 분명하지만, 서자였기 때문에 미관말직만 맴돌았던 사람이었다.

그러나 문하서좌(文河書佐)라는 말직에 있으며 능력을 발휘해 태수의 사위가 되며 승진을 시작했다.

그러면서 중랑장(中郞將) 노식(盧植)의 제자가 되었으며, 학업을 마친 후에는 이런저런 일에 휘말려 야인으로 지냈다.

그러다가 천거되어 요동의 장사가 되었는데, 그때부터 명성을 높여가기 시작했다.

그는 현재 북평에 군사를 이끌고 주둔해 북방 오랑캐였던 오환족과의 전투에서 연전연승하며 이름을 높여가고 있었다.

당연히 사현 역시 공손찬이라는 이름을 잘 알고 있었다.

그저 입운룡 공손승과 성이 같아 그런 것만은 아니었다.

최근 한나라의 유주에서 가장 이름이 높은 장군이 바로 그였다.

게다가 그를 더더욱 모를 수가 없는 것이, 원소(袁紹)와 천하를 두고 대적했던 '백마장군 공손찬'의 이름은 임충으로 살던 송나라 때까지도 사람들의 입에 오르내리곤 했다.

사현은 전해 듣던 유명한 장수의 이름이 거론되자 약간이나마 두근거리는 마음을 가지고 전령을 바라보았다.

"그럼 그대는 공손찬의 휘하 장수이겠군."

"지금은 요동 태수 휘하, 양평의 현위로 있습니다. 제 이름은 공손강(公孫康)이라 합니다."

"공손? 공손찬의 혈족인가?"

"아닙니다. 저는 전 기주자사 공손도 장군의 아들입니다."

"…공손도라. 기억이 있다. 전장에서 마주한 적이 있지."

사현은 공손도와 직접 무기를 맞대고 싸운 적은 없었으나, 한나라군의 매복이나 기습 등에서 꽤나 효율적인 지휘를 했던 자였다.

사현은 전장에서 만난 적장의 이름은 잊지 않았기 때문에 자신의 신경을 몇 차례 건드린 적이 있던 그를 잊지 않고 있었다.

"그런데, 양평의 현위인 자가 어찌 공손찬의 뜻을 따르는 것인가? 그리고 애초에 공손찬은 경추의 아랫사람이 아니던가."

"그렇지 않습니다. 허나 그것은 나중에 설명드리겠습니다. 요동태수와 공손찬 장군은 꽤나 복잡한 관계에 있습니다."

공손강의 말은 적절했다.

사현이 궁금한 것은 공손강이 왜 공손찬을 따르는가가
아니었다.

그가 왜 요동군 태수라는 이름을 빌려서까지 자신에게
전령을 보냈는가 하는 것이었다.

"공손찬이 내게 전하라고 한것을 말하라."

"예, 성주님. 공손찬 장군께선 성주님께 도움을 요청하
고 계십니다."

"뭐? 도움?"

사현이 스스로의 귀를 의심하며 되물었다.

도움이라니. 아무리 직접 칼을 맞댈 일이 없다고 하더라
도 한나라의 장수인 공손찬과 사현은 명백한 적이었다.

그런데 도움을 청한다? 도저히 이해할 수가 없는 일이었
던 것이다.

"도움이라니. 무슨 도움을 바란단 말인가? 공손찬이 내
게 도움을 요청할 것이 뭐가 있다고."

"성주님께선 그 누구보다도 공손찬 장군께 도움을 주실
수가 있으십니다."

"자세히 말해보라. 만일 세치 혀로 날 농락하려는 것이
라면 그 즉시 내 칼이 날아갈 것이다."

"그럴 리가 있겠습니까."

사현의 으름장에도 전령은 낯빛 하나 바꾸지 않고 대꾸했다.

"요즘 요동군의 공격이 잦아진 이유에 대해 아십니까?"

"…본래 요동과 우리는 잦은 전투를 치렀다. 그 빈도수가 늘었다고 해서 이상할 것은 없다."

"그렇지요. 물론 그렇습니다. 하지만 제가 그 진실된 이유를 말씀드리겠습니다."

"말하라."

전령은 허리에 차고 있던 물통을 들어 목을 축인 후 다시 입을 열었다.

"사실 공손찬 장군이 북쪽의 오랑캐들을 토벌하는 과정에서 공이 높아지자 태수 경추가 장군을 견제하기 시작했습니다. 해서 태수 역시 어떻게든 공을 세워야 하는 지경에 이르렀습니다."

"그래서 경추가 이 맥성을 계속해서 공격하고 있는 것이다, 그 말인가?"

"그렇습니다. 그러나 그는 연전연패했고, 그러다 보니 요동에서 점점 그 위세를 잃어가는 중입니다. 그러나 그 와중에도 경추는 계속해서 공손찬 장군께 들이밀었던 송곳니를 감추지 않고 있습니다."

"…그래서?"

"그래서 장군께선 얼마 후 조정에 표를 올리고 태수 경추가 있는 양평을 공격하실 것입니다.”

“뭐? 하극상을 일으키겠다는 말인가?”

“하극상이 아닙니다.”

“공손찬은 요동의 장사가 아닌가? 그럼 요동 태수 경추의 휘하 장수일 것이다.”

“그렇지 않습니다. 공손찬 장군과 요동태수의 관계에 대해 설명드리겠습니다. 장군께서는 이미 북평을 장악하고 계시고, 휘하의 군사들 역시 요동군에 못지않습니다. 이미 조정에서는 장군의 유주 서부 지배권을 어느 정도 인정하고 있는 실정입니다.”

“지배권을 인정할 정도로 공손찬의 세가 커졌단 말인가? 분명 유주에도 자사가 있을 텐데.”

“유명무실하지요. 또한 설명을 한가지 드리자면, 자사라는 직책은 원래 태수들의 위에서 군림할 권한이 없습니다. 직급 또한 낮은 자들이지요. 다만 태수들을 감독하고 감찰하는 역할을 하고 있기 때문에 태수들이 잘 보이려 노력하는 것뿐입니다.”

“그런가? 흠…….”

사현이 말꼬리를 흐리며 생각에 잠겼다.

사실 현재 한나라의 자사, 목, 태수 등의 상관관계에 대해서 그가 모르는 것이 아니었다.

본래 사현은 전생 시절 금군의 교두라는 꽤나 높은 직책

124

에 있던 사람이다.

금군은 입대하기 전에 철저한 정신교육을 받고 들어오는데, 그 과목들 중 하나가 바로 역사이다.

그래서 사현 또한 전생에서 한나라의 역사에 대해 심도 있는 교육을 받았다.

물론, 신으로 모셔지는 관제(관우)와 제갈량 등의 이야기를 집중적으로 배우기는 했다.

그러나 그 외에 한나라의 관제(官制)에 대해서도 어느 정도의 지식은 갖춘 상태.

다만, 공손강의 설명을 유도해가면서까지 시간을 끈것은 이자를 자신에게 보낸 공손찬의 꿍꿍이를 짐작해보기 위해서였다.

"혹, 공손찬이 전쟁을 준비하는 건가?"

"이미 태수를 치시려 한다 말씀드렸습니다. 전쟁은 저희가 합니다. 성주님께서는 그저 양평에 주둔한 군사들의 시선만 끌어주시면 됩니다."

"만약 도와준다면 우리가 얻는 것은?"

"양평을 얻게 되실 것입니다."

"헛소리를 지껄이는군. 네놈들의 겉속이 다른 술수에 당한 것이 한두차례인 줄 아느냐?"

"그것은 교활한 경추의 간계일 뿐입니다! 양평은 북평에서도 멀리 떨어진 곳으로 지배해봐야 공손찬 장군에게

득될 것이 없습니다. 북평과의 사이에 거대한 습지를 두고 있는데다 험준한 백망산과 마수산도 넘어야 하므로 관리하기도 힘들고, 무엇보다 오환족과 전투를 지속하셔야 하는 공손찬 장군의 사정상 군사를 주둔시킬 수도 없습니다."

"하, 말도 안되는 소리. 한나라가 돌지 않고서야 어떻게 양평같은 요충지를 그리 쉽게 내준단 말이냐. 만약 양평을 우리가 차지하게 된다면, 너희는 그 후론 수백년이 지난다 하더라도 태자하를 넘을 수 없을 것이다. 우리 고구려가 양평을 차지했을 때 어떤 일이 벌어질지는 아무리 머리 없는 자들이라 할지라도 충분히 예상할 수 있을 터."

"어쩔 수 없지 않습니까? 어차피 이대로 있으면 공손찬 장군은 곤란한 지경에 빠집니다. 요동태수는 조정의 권세를 쥐고 있는 환관들을 여럿 인척으로 두고 있습니다. 공손찬 장군이 그 어떤 공을 세운다 하더라도 결국은 직을 빼앗기게 될 것입니다. 공손찬 장군은 그렇게 되느니 양평을 내주더라도 경추를 제거하는 것이 옳다고 판단하셨습니다. 아직도 믿지 못하시겠습니까?"

"…흠."

이렇게까지 이야기해오는데야 사현도 더 이상 밀어붙일 만한 건수가 없었다.

"…고민해보지."

"답변을 듣고 오라 하셨습니다."

순간 사현의 눈이 번뜩였다.

"그대나 공손찬이나 내게 답변을 강요할 권한은 없다! 아직 나는 결정을 내리지 않았어. 그럼 아직 나는 공손찬과 적이다! 손을 내밀러 온 적의 사자가 보이는 태도가 어찌 이리 불손한가!"

"……."

공손강은 입술을 지그시 깨물었다.

자신의 실수를 깨닫기도 했고, 거기에 덧붙여서 억울한 감정도 없지 않아 있었기 때문이다.

사현에게 있어 전혀 손해 볼것 없는 제안이었고, 수월히 받아들이리라 생각했었다.

그래서 빠른 답변을 요구한 것인데, 이렇게 맞받아칠 줄은 전혀 예상하지 못했다.

그러나 어쩌겠는가.

"죄송합니다, 성주님. 제가 마음이 앞서 무례를 범했습니다."

이 자리에서 '갑'은 이 맥성의 성주인 것을.

* * *

"공손찬 말씀이십니까?"

전령과 이야기 나눈 것을 극천에게 이야기하자 그가 크게 놀라며 되물어왔다.

사현은 고개를 끄덕이며 대답을 이어갔다.

"그렇네. 그 때문에 고민만 더 커졌어. 이 겨울에 전쟁이라니……."

"양평을 공격하려 한다면 이는 작은 전투가 아닐 것입니다. 양평성은 큰 성입니다, 성주님. 신중하셔야 할 것 같습니다."

"그래야겠지. 부모달은 전령을 준비하도록 해라."

"전령이라니요? 국내성에 알릴 작정이십니까?"

"폐하께 상의드릴 생각이네."

"진심이시군요."

"언제고 폐하께서 이런 말씀을 하신 적이 있지."

"명심해라. 요동으로 갈 기회가 생긴다면, 망설이지 말고 가거라. 그것이 널 저 멀리 국경까지 내보내는 이유이니, 절대 놓쳐서는 안 될 것이야."

극천이 크게 놀라며 눈을 동그랗게 떴다.

"요동으로… 요동으로 가신다는 말씀이십니까?"

"서안평을 장악한 후 그곳에서부터 양평에 이르는 방어선을 새로 구축하는 것이 우리 고구려의 오랜 숙원이 아니던가. 또한 그곳을 차지하면 낙랑과 대방은 갈 곳이 없어진다. 요동은 결국 우리가 써나갈 새로운 역사의 출발점이 되어줄 것이야."

"…하오면."

"간다. 요동으로 가야 한다. 그러나 그것이 우리의 독자적인 공격이 아니라 저놈들의 권력다툼에 이용되는 것뿐일 수도 있어. 그래서 망설이고 있는 것이다. 공손찬의 본목적과 어디까지 내어줄 수 있는지를 알아야 해. 만약 양평을 확실히 내줄 수 있다면 두말할 것 없이 나서겠으나, 그것이 아니라 영원한 평화협정 그런 식으로 나온다면 도와줄 수가 없다."

"물론이옵니다. 우리 병사들의 피를 흘리면서까지 공손찬의 힘을 키워줄 이유가 없사옵니다."

"그러나 저 양평현위의 말대로, 공손찬이 그저 경추를 죽이고 유주의 패권을 장악하기 위한 것뿐이라면 양평을 우리에게 못 내줄 이유도 없다. 그것에 희망을 걸어야지."

"그렇긴 하옵니다만, 양평 같은 요충지를 우리에게 내주겠습니까? 양평은 요동의 한복판에 위치해 있습니다. 그곳을 내준다면 드넓은 요동 땅의 절반을 내어주는 것이나 마찬가지입니다."

"몇번이고 말하지 않았는가? 그래서 망설이고 있다고. 어차피 경추는 우리 고구려에 이를 갈고 있으니 차라리 그

대신 공손찬이 차지하는 것도 나쁠 것은 없어. 그러나 저자의 말이, 공손찬은 애초에 동쪽에 관심을 두지 않고 있다. 그의 관심은 오직 한나라 북부의 패권. 그 이상도, 이하도 아니야. 그래서 북방의 오환족을 미친 듯이 토벌하고 있는 것이다."

"전령의 말일 뿐입니다. 걸러 들으셔야 합니다."

"흐음……."

사현이 고민으로 가득한 눈빛을 한 채 침음성을 내뱉었다.

요즘 들어 이렇게 고민에 빠져본 적은 없는 것 같았다.

"알았네. 일단 나가보고, 전령을 대기시켜 주게."

"알겠습니다."

극천이 예를 표한 후 방 밖으로 나갔다. 그러자 홀로 남은 사현이 눈을 감고 마음 속으로 입을 열었다.

'오학구(吳學究) 선생, 선생이라면 어찌하셨겠소?'

지다성(智多星) 오용(吳用).

양산박에서 부렸던 온갖 술수를 생각해낸 책략가이자 나름대로 산채 내에서 가장 배운 것도 많은 사람이었다.

그 누구보다도 현실적인 사람이었고 산채의 이익을 위해서라면 권모술수도 서슴지 않았던 인물.

만약 그가 있었더라면 이런 상황에서 누구보다도 현실적이고 현재 사현에게 걸맞은 책략을 내놓았을 것이다.

그렇게 잠시 고민에 빠졌던 사현은 오랜만에 머릿속으로 떠올린 동지들을 생각하며 피식 웃음을 터트렸다.

그리고 곧바로 그의 눈빛이 이글거리는 표범의 것으로 되돌아왔다.

"그래. 내가 언제 그런 것을 고민했던가. 그런건 오학구 선생이나 하는 거지. 난 내 방식대로 간다."

그 순간 사현의 시선이 옆에 세워둔 그의 쟝사모 쪽으로 향했다.

"요동."

출병이었다.

사현은 곧바로 대기하고 있던 전령에게 자신의 결정을 적은 종이를 들려 국내성으로 보냈다.

그리고 부장을 불러 휘하 장수들을 집합시켰다.

"모두 모였는가?"

"예, 성주님."

날카로운 눈빛으로 장수들을 둘러보던 사현은 대뜸 충격적인 말을 던져놓았다.

"우리는 해가 바뀌는 그날, 성을 나가 양평으로 진군한다."

"……!!!!!"

"서, 성주님!"

"장군!"

장수들이 일제히 눈을 크게 뜨며 경악성을 내뱉었다.

그리고 대표로 극천이 입을 열었다.

"성주님, 공손찬의 술수일 수도 있습니다. 게다가 태왕 폐하의 재가도 떨어지지 않은 일인데, 무리가 있지 않겠습니까?"

"폐하께는 이미 전령을 보냈다. 전력으로 말을 달리라 했으니, 나흘 정도면 돌아올 것이다. 또한, 공손찬의 술수여도 상관없다. 만일 함정이 있다면, 우리의 힘으로 공손찬마저 깨부수고 양평을 차지할 것이다."

"…이미 마음을 굳히신 겁니까?"

"재가가 떨어져야 출병하겠지만, 이는 고구려의 숙원과도 같은 것이었으니 폐하께서도 승인하실 것이다. 제장들은 모두 휘하 군사들을 잘 다스려 군기를 엄하게 하라."

"예, 성주님!"

그동안 사현이 보여준 능력과 쌓아온 신뢰 때문일까.

이 엄동설한에 전쟁이라는 무리한 결정을 내렸음에도 불구하고 장수들은 입을 모아 긍정의 외침을 토해내었다.

그리고 그날부터 맥성에서는 전쟁 준비가 시작되었다.

"다시! 우리가 이제부터 할 싸움은 지금껏 해왔던 평지전이나 수성전이 아니다! 양평성을 공격하는 공성전이란 말이다! 성벽을 오르면 무엇 하겠는가! 위에서 무기를 찔러올 적병들에게서 몸을 보호해야 하지 않겠느냔 말이다!

너! 그렇게 하면 네 오른쪽 어깨가 빈다! 방패를 더 높이 치켜들어라!"

"화살의 힘이 약하다! 그래서 적이 입은 갑주를 뚫겠느냐! 너희는 화살을 성벽 위에까지 날려 보내야 함을 명심하거라! 위에서 아래로 쏘는 수성전이 아니란 말이다! 시위를 더 당겨라!"

"더 세게 밀어라! 이 정도 속도로는 저 양평성의 굳건한 성문을 절대 뚫을 수가 없다! 더 강하고 빠르게! 있는 힘껏 밀어라!"

훈련하는 성벽을 넘어 적을 제압하는 훈련부터 시작해서 돌격하는 아군을 엄호하는 궁병들의 훈련 그리고 공성병기를 운용하는 병사들의 훈련도 높은 강도로 시행되고 있었다.

하얀 눈이 내리는 와중에도 맥성의 군사들은 훈련에 더욱 박차를 가했고, 철기병들 역시 말과 더욱 한몸이 되기 위해 구슬땀을 흘렸다. 그리고…….

휘리릭! 딱! 딱! 딱! 딱!

목창이 바람을 가르며 날았다.

그리고 앞에 놓인 목제 허수아비를 눈 깜짝할 사이에 몇 번인지 셀 수 없을 정도로 두들겨버렸다.

'더 빠르게!'

사현이 목창으로 땅을 짚고 날아올라 허수아비를 뛰어넘

었다.

그리고 땅에 떨어져 있던 목검을 집어 듦과 동시에 허수아비를 향해 달려들어 휘둘렀다.

딱! 딱! 딱!

나무가 나무를 때리는 청명한 소리가 쉴새없이 들려왔다.

눈으로 판단하기 어려울 정도로 빨랐으나 그러면서도 일정한 규칙이 있었고 현란했다.

목검이 이리저리 날아다니며 만들어내는 갈색 꽃잎이 아름답게 흩날리고 있었다.

'아직, 아직 부족하다!'

사현은 현재 자신이 전생의 표자두 임충의 실력에는 아직 모자라다 생각하고 있었다.

초나라 맹장 용저(龍且)의 환생이라 불리던 그 무시무시한 창봉술이 마음먹은 대로 펼쳐지지 않고 있는 상태였기 때문이다.

대도(大刀) 관승(關勝)을 상대로 우세를 점할 정도로 그리고 일장청(一丈靑) 호삼랑(扈三娘)을 압도적으로 제압해 사로잡을 정도로 대단했던 임충.

콰직!

"후우……."

사현이 무차별적으로 한참 동안이나 난타한 끝에 허수아

134

비는 목 부분이 힘없이 부러져버렸다.

그러자 사현이 목검을 내리며 가쁜 숨을 몰아쉬었다.

그리고 나지막이 중얼거렸다.

"아직… 몸이 제대로 성장하지 못한 건가."

그러나 사현의 나이는 열아홉이었다.

올해가 한달도 남지 않았으므로 이제 곧 스물이 된다고 보아도 무방한 지경.

그 정도면 충분히 한 사람의 장수로서 힘을 발휘할 나이라고 그는 생각하고 있었으므로 몸의 성장에 관한 것은 비겁한 핑계일 뿐이었다.

그래서 결국, 사현은 새로운 허수아비를 가지고 연무대로 다시 올라갔다.

그리고 목창을 집어 들어 허수아비를 겨누었다.

"……."

비록 목창이었으나 사현이 내뿜는 서늘한 예기가 지금 당장이라도 허수아비를 뚫어버릴 기세로 날뛰었다.

"으리야아아아아!"

그리고 곧 괴성과 함께 사현의 목창이 허수아비에게로 날아들기 시작했다.

* * *

그런 사현의 모습을 지켜보는 이가 있었다.

"어후. 무시무시하군요."

"우리 성주님은 태왕 폐하와 더불어 고구려 최강의 무사라 불리시는 분이시오. 어떻소. 그대의 주군에 비하면?"

"……."

한달 전 공손찬의 전령으로 왔던 양평현위 공손강과 그와 함께 관아를 거닐던 극천이었다.

본래 공손강은 양평으로 돌아갔다.

그랬다가 이틀 전, 화친 요청에 대한 사현의 답변을 받아오겠다는 이유로 맥성으로 되돌아와 머물고 있었다.

돌아온 공손강은 화친 요청에 대한 것이 아닌 공손찬의 제안에 대한 답변을 요구했다.

그러나 사현은 국내성에서 태왕의 전갈이 당도해야 한다고 버텼고, 공손강은 어쩔 수 없이 돌아올 전령만을 기다리는 상황이었다.

"그렇게 심각하게 고민할 필요 없소. 어찌 저런 목창을 이용한 수련만 보고 판단한단 말인가. 마음에 두지 마시오."

공손강의 표정이 심각해지자 극천이 그의 등을 툭 치며 말했다.

그리고 대수롭지 않다는 듯 대화를 마치며 먼저 앞장서 걸어갔다.

그러자 공손강도 짧은 한숨을 내쉬며 그 뒤를 따랐다.

그런데 그때.

"어이, 양평현위."

"……."

공손강의 귀에 사현의 목소리가 들려왔다.

그리고 공손강이 고개를 돌리자 사현이 빙그레 웃으며 말했다.

"나와 대련을 한번 하지. 그러면 비교가 되지 않겠는 가?"

"어… 어떤 비교를 말씀하시는 겁니까?"

"양평현의 현위 정도면 꽤나 중요한 관직이면 일신에 어느 정도의 무예 정도는 있을 테지. 그리고 적국에 밀사로 올 정도의 위치에 있는 자라면 공손찬과 대련 한두 판 정도는 했을것 아닌가? 그런 그대가 나와 대련을 한다면, 둘의 실력을 비교할 수 있을 터."

"아… 그, 그게……."

"왜. 공손찬과 대련을 해본 바가 없는가?"

"아, 아닙니다. 있긴 하지만… 그것은 한참 이전, 양평의 현위가 되기도 이전의 일인 데다 저는 공손찬 장군의 상대가 되지 못했던지라……."

"상관없다. 무장들 간의 싸움은 몇 합이 오갔는가가 중요하지 않으니. 올라와 무기를 고르라!"

"……."

공손강이 극천에게 도와달라는 눈빛을 보냈다.

그러나 극천은 오히려 반짝반짝 빛나는 눈동자를 보이며 그를 연무대 위로 밀어올리고 있었다.

"손해 보는 장사가 아니잖소. 이긴다면 그거야말로 대단한 일이고, 진다고 하더라도 고구려 최강의 무사와 대련을 하는 것이니 얻는 것이 많을 것이오. 자신감을 가지시오. 검을 쓰시오?"

극천은 공손강을 연무대 위로 끌고온 후, 가장자리에 있는 목검 거치대를 가리켰다.

그러자 잠시 머뭇거리던 공손강이 체념의 한숨을 내쉬며 거치대로 다가갔다.

그리고 자신이 사용하는 장검과 비슷한 길이의 목검을 하나 골라들었다.

그러자 사현이 미소를 지으며 연무대 가운데에 우뚝 섰다.

"역시 그대도 무장인가보군. 목검이라고는 하나 무기를 잡으니 기세가 변하는 것이 생각 이상이야."

"칭찬으로 듣겠습니다."

"당연하지. 자, 그럼 먼저 오겠는가?"

"허락해주시면 공격하겠습니다."

공손강이 표정을 굳히며 자세를 취했다.

그러자 사현이 들고 있던 목창을 앞으로 내밀며 말했다.

"전장에 허락이 어디 있는가? 무기를 맞댔으면 눈치 보지 않고 공격을 하는 것이지."

"……!"

그리고 바로 다음 순간, 공손강은 사현에게서 뿜어져 나오는 살기에 몸을 움찔하고 말았다.

그러나 이를 악물고 참아낸 공손강이 목검을 쥔 손에 힘을 주고 앞으로 달려들었다.

"이야아아!"

"……."

용맹한 모습으로 달려오는 공손강의 모습을 보고 눈에 이채를 잠시 발한 사현이 어느새 자신의 머리를 향해 내리쳐지는 목검을 가볍게 막아냈다.

그리고 재빠르게 허리를 향해 다시 날아오는 공격을 목창의 대부분을 갖다 대어 다시 막았다.

"이익!"

나름 재빨랐다고 생각한 공격이 너무도 간단하게 막혀버리자 공손강이 분기로 가득 찬 소리를 냈다.

그러나 분을 억누르지 못한 것은 거기까지.

공손강은 곧바로 목검을 회수해 다시 공격을 하─

턱.

"아……."

어느새 자신의 어깨에 올려진 목창을 발견한 공손강이 탄식을 내뱉었다.

휘두를 목적을 잃은 그의 목검이 부르르 떨었다.

그러자 피식 웃으며 목창을 회수한 사현이 입을 열었다.

"이미 지나가버린 결과에 연연하는 사이에, 적의 칼날은 어느새 자네의 목덜미를 겨누고 있을 것이라네."

"졌습니다."

"처음과 두번째의 공격이 상당히 빠르고 좋았네. 조금만 더 갈고 닦으면 좋은 장수가 될 수 있을 게야."

"…감사합니다."

말을 마친 사현이 목창을 옆의 아무데나 던져버리곤 몸을 돌려 걸어갔다.

그러자 공손강이 손에서 목검을 떨어트렸다.

아직도 손이 부들부들 떨리고 있었다.

목창이 자신의 어깨로 날아오는 것조차도 알아채지 못했다.

공손강이 목검을 회수하기 직전까지 사현의 목창은 분명 목검과 맞닿아 있었다.

그런데 그가 목검을 목창에서 떼어내는 순간 그 목창은 이미 공손강의 어깨까지 휘둘러진 상태였다.

'빠르다.'

공손강이 느낀 것은 바로 그 하나.

미친 듯이 빠른 창의 속도였다.

그 외로는 어떤 것조차도 알아낼 수가 없었다.

공손찬 앞에서 느꼈던 무력감과는 완전히 다른 차원의 허탈함이었다.

공손찬에게서는 조금만 더 수련하면 비슷한 곳까지 올라갈 수 있으리라는 희망이 느껴졌다면, 저 '맥성의 전귀'에게는 절대 넘을 수도, 부술 수도 없는 거대한 벽이 느껴졌다.

'무서운 사람이다. 만약 저자의 창이 우리에게 휘둘러진다면…….'

공손강이 최악의 그림을 상상했다.

생각만 해도 끔찍한 사태가 아닌가.

맥성의 철기병은 무시무시하기로 유명한 부대.

그리고 그 철기병 부대의 선봉에 저 '전귀'가 있다면?

그야말로 지옥 그 자체일 것이다.

'젠장. 세상은 넓고도 넓구나.'

그렇게 공손강의 머릿속이 복잡해지고 있는데, 연무대에서 내려가던 사현이 다시 몸을 돌려 말을 걸어왔다.

"아, 그런데 말이지."

"예, 예."

"이 대련의 목적을 잠시 망각한 모양이군."

"……?"

공손강이 고개를 갸웃하며 사현을 바라보았다.

그러자 사현이 호기심에 가득 찬 눈으로 공손강을 바라보았다.

"나와 공손찬을 비교한 결과를 알려주게. 궁금해서 참을 수가 없군."

"아, 아……."

공손강의 눈동자가 흔들렸다.

결과는 분명히 나온 상태다.

공손찬은 때려죽여도 저 괴물을 이길 수 없을 것이다.

그러나 그 사실을 곧이곧대로 전하자니 자신의 주군이 비웃음을 살까 두려웠다.

그리고 그 반대를 말하자니 무인으로서의 자존심이 허락하지 않았다.

그래서 공손강은 한참 동안이나 아무 말 없이 가만히 서 있었다.

그렇게 얼마나 기다렸을까.

꽤 오랜 시간동안 공손강의 대답을 기다려준 사현이 또다시 그 미소를 보이며 말했다.

"됐네. 말하지 않아도 되네."

"어, 어찌……?"

"자네는 이미 그 표정으로 답을 해준 것이나 마찬가지야. 잘 알아들었네."

142

"서, 성주님······."

"날 높이 평가해주어 고맙네. 그럼, 편히 있다 가시게."

그 말을 마지막으로 사현의 몸이 연무대 위에서 사라졌다.

"뭐, 뭐 저런······."

공손강이 고개를 절레절레 젓는데 뒤에서 관전하던 극천이 다가왔다.

"너무 낙심하지 마시오. 우리 고구려에서도 성주님과 비슷하게나마 겨룰 수 있는 사람은 몇 되지 않으니."

"비슷하게 겨룰 수 있는 사람이 있단 말입니까?"

믿을 수 없다는 눈빛을 마주한 극천이 너털웃음을 터트리며 대답했다.

"하하하하! 우리 고구려는 무를 숭상하는 나라라오. 당연히 있지."

"누, 누굽니까? 그게."

그러자 대답을 위해 입을 여는 극천의 눈빛이 몽롱하게 변했다.

"태왕 폐하시오. 성주님께서 이곳으로 오시기 전, 두분이 대련을 하신 적이 있었소. 물론 당시에는 성주님께서 워낙 어리신 데다 경험도 많이 없어 밀리는 감이 없진 않았소만··· 어쨌든 참 대단했지. 난 그때 맹세했소이다. 무를 익혀 검을 잡은 장수로서 실력이 부족해 몸종으로 떨어지는 한이 있더라도 두분을 섬기기로. 목숨을 바쳐 모시기로 말이오."

"허……"

"거기에 막내 왕제이신 대모달 계수 장군께서도 그에 버금가는 실력을 가지고 계시지. 또한 대로(對盧) 해청 장군도 계시고."

"고구려에는 참으로 호랑이 같은 무장들이 많은가봅니다."

"우리 같은 졸장(卒將)들의 우상인 분들이오. 뭐, 예까지 하고 일단 갑시다. 또다시 눈이 내릴 모양이오."

극천이 말을 마치고 연무대를 내려갔다.

그러자 아직 질문이 남았던 공손강이 급히 외쳤다.

"호, 혹… 사현 장군은 연배가 어찌 되시는지 알 수 있겠습니까?"

"성주님 말이오?"

"그렇습니다."

"그건 어찌 묻는 것인가?"

"외관은 젊어 보이시는데, 하시는 언행들은 연륜 있는 노장(老將) 같아서 드리는 말씀입니다."

"푸하하하하하!"

극천이 발걸음을 옮기다 말고 파안대소했다.

그러자 영문을 모르는 공손강은 잠시 명청한 표정을 짓

고 극천을 멍하니 바라보았다.

그리고 잠시 후, 웃음을 간신히 그친 극천이 입을 열었다.

"아, 미안하오. 근자에 들은 말들 중 가장 재미있는 말이어서 그만."

"재미있다니요?"

"푸흐흐. 우리 고구려 사람들이나 당신네 한나라 사람들이나 보는 눈은 똑같구나 하는 생각이 들어서 말이오."

"알아듣게 설명을 좀 해주십시오."

"현위가 말했잖소. 외관은 젊어 보이시는데 하시는 언행들은 연륜 있는 노장들 같다고."

"그렇습니다만."

극천의 미소가 더욱 짙어졌다.

"그 말 그대로요. 우리도 똑같이 생각하니까. 아, 물론 우리는 성주님의 정확한 나이를 알고 있으니 조금 차이가 있으려나?"

"혹, 알 수 있겠소?"

"안될 거야 없지."

극천이 잠시 뜸을 들이며 공손강의 애간장을 녹이다가 다시금 입을 열었다.

"우리 성주님은 보름 후면 약관(弱冠)의 나이가 되신다오."

"뭐, 뭐라고요?"

공손강의 입이 떡 벌어졌다.

그로부터 닷새 후, 국내성에서 보내온 전령이 맥성에 도착했다.

국내성으로부터 쉴 새 없이 달려온 전령은 온몸을 땀으로 범벅을 한 채 한장의 서신을 사현에게 전달했다.

"국내성에서 시일이 조금 지체된 모양이구나."

"태왕 폐하께서 고심을 오랫동안 하셨사옵니다. 그 비답인 것으로 아옵니다."

"그래. 가서 쉬어라. 푹 쉬고 국내성으로 돌아가면 된다. 고생 많았다."

"아닙니다. 감사합니다, 성주님!"

전령이 군례를 올리고 방에서 나갔다.

홀로 남은 사현은 용케 말려서 가지고 온 서신을 펼쳐들었다.

"……."

그리고 잠시 후, 서신을 읽던 사현의 눈이 화등잔만 하게 커졌다.

[대(大)고구려의 패자인 내 조카 보아라. 네 글은 잘 받아 보았다. 요동을 정벌해 우리 고구려의 오랜 숙원을 이루겠다는 네 뜻이 정말 가상하다. 고구려의 장군으로서 마땅히

146

가슴에 품어야 할 웅대한 포부이자 목표일 것이니라. 이 숙부 역시 네 뜻에 동(同)의하는 바이며, 언제고 요동을 칠 기회가 온다면 망설이지 않을 생각이다.]

여기까지는 매우 좋았다.

양평을 치겠다는 사현의 생각에 태왕이 적극 동조해주고 있었던 것이다.

그러나 바로 그다음 자를 읽는 순간부터 사현의 표정이 일그러지기 시작했다.

[…그러나(但) 아직은 너무 이른 듯하구나. 우리 고구려 는 신대태왕 시절 있었던 전투와 2년 전에 있었던 전투에 서 너무 많은(多) 국력을 소모했다. 그러나 요동은 다르 다. 요동도 우리와 비슷한 피해가 있었을 것이다. 하지만 그들은 한나라의 일개 신하(臣), 즉, 군에 불과하다. 얼마 든지 저들의 주변 도시들에서 원군을 보낼 수 있고, 만약 일이 잘못된다면 그들이 반대로(反) 이 고구려를 일거에 들이칠 수도 있음을 명심하거라. 요동장사 공손찬이 협조 를 요청했다고 들었다. 그러나 그자는 예의와 신의를 모르 는 조잡한(拙) 자로 북방민족들과의 전쟁에서 약간의 공 을 세운 것으로 …(중략)… 네 용맹스러운 생각이 옳지 못 하다는 생각을 하는 것은 아니나, 현재 세태가 그러하니

어찌하랴. 안타까울(憫) 따름이다. 그러니, 조금 더 신중히 생각해야 일임에는 분명하다. 고구려 태왕 남무.]

쾅!
사현이 탁상을 거칠게 내리쳤다.
"이… 이것이 얼마나 좋은 기회인데! 어떻게 이런 기회를 날릴 수가 있단 말인가!"
사현의 얼굴이 분을 참지 못하고 새빨개졌다.
그의 숨은 차오르는 화를 다스리지 못하고 이미 거칠어져 있었다.
사현은 서신의 내용을 믿을 수가 없다는 듯 다시 한번 종이를 들여다보았다.
그러나 내용은 변함이 없었다.
"어찌 이러실 수가……."
사현은 태왕에 대한 원망을 연신 쏟아내며 서신을 몇 번이고 다시 읽었다.
그러던 중, 사현은 이상한 것을 발견했다.
네댓번을 반복해 읽었을 때쯤, 서신의 가장 윗줄을 이루는 한자들이 신기하게도 문장구조로서 갖춰야 할 속성들을 다 갖추고 있다는 생각이 든 것이다.
그래서 사현은 곧바로 탁상 위에 놓여 있던 종이 한장을 들어 가장 윗줄만 남겨놓고 나머지 글자들을 전부 가렸다.

그리고 남은 한자들을 오른쪽에서 왼쪽으로 해석해보았다.

그랬더니, 숨겨져 있던 문장이 그 모습을 드러냈다.

[대동단다신반거민(大同但多臣反巨憫).]

"크게 찬동하고 있으나, 많은 신하들의 반대에 부딪혔노라. 어찌 민망하지 않을 수 있겠는가……."

태왕은 신료들의 반대를 무릅쓰고 사현의 손을 들어주지 못한 자신을 자책하고 있었다.

만약 이 서신을 태왕이 직접 작성한 것이라면, 이 말은 분명 태왕의 본뜻이 담겨 있는 글일 것이다.

그리고 이 글은 다시 생각해보면 '밀지'의 의미를 가진다고도 볼 수 있었다.

'태왕의 뜻이 이러하니, 너 알아서 해라' 정도로 해석할 수 있는 내용이다.

"일단, 일단 확인을 해야 한다."

가장 중요한 것은 이 서신을 태왕이 직접 작성했느냐는 것이다.

필적은 태왕의 것이 확실했다.

하지만 태왕의 필적이라는 것은 워낙 널리 알려져 있는 필체다 보니 비슷하게 쓸 수 있는 자들이 너무도 많았다.

그래서 필적만 가지고는 태왕의 친필인지 확인할 수가 없었다.

따라서 이 서신이 태왕의 친필인지 아닌지를 확인하자면 방금 방에서 나간 전령의 이야기를 들어야 했다.

"밖에 누구 없는가!"

"예, 성주님."

밖에서 대기하던 보초병 하나가 들어왔다.

사현이 급한 목소리로 외치듯 말했다.

"국내성에서 온 전령, 전령을 다시 데려오너라. 내 물어볼 것이 생겼다."

"알겠습니다."

* * *

전령은 금방 들어왔다.

피곤한 몸을 끌고 걷다 보니 속도가 그리 느리지 않았던 모양이었다.

"부르셨습니까, 성주님."

"그래. 네게 묻고 싶은 것이 있어 불렀다."

"하문하십시오."

"혹시, 내게 준 이 서신을 폐하께서 직접 쓰셨느냐?

"무슨 말씀이신지……."

"이 서신을 쓴 자가 누구냔 말이다. 혹시 신료들 중 누군가가 쓴 것이냐?"

사현이 날카로운 눈빛을 쏘아 보내며 물었다.

그러자 전령이 고개를 갸웃하며 대답했다.

"아닙니다. 폐하께서 여러 날 동안 고심하신 후 작성하신 것이옵니다."

"확신하느냐?"

"예. 폐하께서 제게 직접 건네주셨사옵니다. 폐하께서만 여실 수 있는 어갑(御匣)에서 꺼내시는 것을 보았으니 확실합니다."

"그래… 그렇단 말이지."

사현이 무어라 중얼거렸다.

그러다 고개를 끄덕이며 전령에게 말했다.

"그래, 알았다. 쉬려 하는데 괜히 또 불러대어 미안하다."

"아닙니다, 성주님. 제 답변이 도움이 되셨다면 그것만으로도 충분합니다."

"고맙다. 자, 가서 쉬거라. 다시 부를 일은 없을 것이다."

"언제든 불러주시옵소서. 국내성으로 다시 보내실 소식은 없으시옵니까?"

"…없다. 이후의 일은 내가 알아서 할 것이야."

"알겠사옵니다, 성주님."

전령이 절도 있는 군례를 사현에게 올린 후 방에서 물러나갔다.

사현은 자리에서 일어나 벽에 걸린 자신의 애병, 장사모를 물끄러미 바라보았다.

장사모의 날면에는 한자 4자가 음각으로 새겨져 있었다.

[체천행도(替天行道)]

임충으로 살던 시절 양산박으로 들어간 순간부터 삶의 지표로 삼았던 말이었고, 다시 태어나 살아가는 이 생에서도 그 어떠한 것보다 중요하게 생각하는 말이기도 했다.

그리고 지금 이 순간, 사현은 그 '체천행도'의 이념에 따라 언제나 고구려의 백성들을 약탈하고 조정에 위세를 부려대는 요동을 정벌하기로 결정했다.

요동의 태수 경추를 베고, 양평을 점령함으로서 그의 조국 고구려가 새로운 천년을 이어갈 백년대계의 주춧돌로 삼고자 했다.

철컹!

사현이 손을 뻗어 장사모를 강하게 움켜쥐고 들어올렸다.

장사모에서 요란한 쇳소리가 울려퍼졌다.

그리고 다음 순간, 사현의 망설임 없는 발걸음이 성주의 집무실 밖을 향했다.

*　*　*

184년 1월 4일, 맥성 남쪽의 넓은 평원에서 대병력의 출정식이 열렸다.

맥성의 패자이자 양맥의 도사(道使)인 고사현이 드디어 1만의 병력을 이끌고 요동성을 향해 진군하게 된 것이다.

같은 날 요동장사 공손찬도 북평에서 출병하기로 약속이 되어 있었고 그의 군세만 해도 7천이 넘었다.

요동성의 군세는 공손찬과 비슷할 것으로 예상이 되니, 양쪽으로 대병력을 맞이하게 된 경추는 얼마 가지 못해 몰락하고 말 운명이었다.

1천여 명의 철기병이 그 고고한 자태를 뽐내며 전병력의 최선두에 위치해 있었으며, 그 뒤로 8천여 명의 군사들이 각자의 기치창검을 들고 도열했다.

고구려 최강의 장수 사현과 함께하는 그들의 사기는 언제나 그랬듯 하늘을 찌를 듯 높았으며, 그런 그들의 마음을 대변하듯 하늘 역시 시기에 맞지 않게 높고 푸른 모습을 보여주고 있었다.

그리고 사현이 그 큰 군세 앞에 섰다.

"자랑스러운 대 고구려의 용사들은 들어라."

크게 높지도, 그렇다고 해서 너무 낮지도 않은 평이한 말투. 그럼에도 불구하고 그의 위엄 가득한 목소리는 군사들의 귓가에 그대로 때려 박히고 있었다.

"우리는 이제부터 오랜 숙원이었던 요동정복사업에 그 첫발을 내딛게 되었다. 수많은 고난이 있을 것이고, 너희들 중 많은 이가 죽어갈지도 모른다. 우리의 목표를 이뤄내지 못하고 쓰러질 수도 있다. 그만큼 어려운 일이고, 바라기만 했을 뿐 감히 오르지 못했던 산임에는 분명하다."

사현은 잠시 말을 쉬었다가 다시 이었다.

"그러나 이것 하나만은 분명하다. 우리는 그 산을 올라보지 않았다. 올라보지 않고서는, 진정 오를 수 없는 산인지 알 수 없다! 하늘 또한 산에 오르는 우리를 축복하듯 저리 청명한 하늘을 보여주고 있질 않은가!"

사현의 열정 가득한 연설에 군사들은 피가 끓어오르는 것을 느끼고 있었다. 지금 당장이라도 양평을 향해 돌격할 기세로 군사들은 뜨거운 숨을 몰아쉬었다.

"곧! 나를 비롯한 장수들이 그대들의 앞에서 양평성을 향해 돌격할 것이다. 그대들을 향해 날아가는 화살들을 대신 막을 것이고, 가장 앞장서서 성벽을 넘어설 것이다. 절대 겁내지 마라! 지난 2년간 요동군에 맞서 싸우며 그대들을 이끌었던 우리가, 이번에도 역시 선봉에 서 있을 것이니라! 명심하라! 우리는 언제나 그렇듯 최강의 군대다!"

사현이 장사모를 힘껏 들어올리며 외쳤다. 그러자 단상 밑에 서 있던 부장들 중 하나가 들고 있던 창으로 땅을 한 번 쿵 찍었다.

쿵.

그리고 그 옆에 있던 부장이 뒤따라 창으로 땅을 찍었다.

쿵.

그리고 그 옆, 그 옆, 또다시 옆으로 땅을 찍는 소리가 번져나갔다. 그리고 대열에 서 있던 군사들 역시 각자의 창과 검을, 궁병들은 발을 구르며 소리를 내었다.

쿠웅. 쿠웅. 쿠웅. 쿠웅.

1만여명의 병사들이 모두 한마음을 모아 땅을 찍어대기까지, 정확히 열번의 숨을 들이쉬는 시간이 걸렸을 뿐이었다.

일제히 땅을 찍는 군사들의 표정은 이미 광기로 물들어 있었다. 앞에 누가 있건 상관없었다. 그저 부수고, 밀어내고, 죽이고, 점령해나갈 뿐. 그들은 이미 전투를 해나갈 마음의 준비를 갖추고 있었다.

"……."

그러자 만족스러운 웃음을 흘리며 군사들을 바라보던 사현이 소리를 높여 목청껏 외쳤다.

그리고 독전관들이 사현의 말을 뒤로 전달했다.

"대고구려의 용사들이여! 저 멀리 서 있는 양평성을 향해 진군하라! 출진하라!"

"출진하라!"

"출진하라!"

"출진하라!"

우렁차게 외친 사현은 곧바로 단상 밑으로 뛰어내려 말에 올라탔다.

단단한 갑주를 두른 말이 거칠게 투레질을 하며 앞으로 나아갔다. 그리고 그의 뒤를 여러 장수들이 뒤따랐고, 철기병들이 그 뒤를 이었다.

그들이 나아가는 길을 군사들이 옆으로 비켜나가며 열었고, 가장 앞의 군사들부터 철기병의 뒤를 따라 진군을 시작했다.

둥, 둥, 둥, 둥, 둥…….

착, 착, 착, 착, 착…….

고수(鼓手)가 두들겨 대는 전고(戰鼓) 소리가 군사들의 발걸음마저 맞추고 있었다. 질서정연한 고구려군의 진군이 시작된 것이다.

* * *

어느새 해가 산 너머로 사라졌고, 하늘은 어둑어둑해졌

다. 그러자 사현이 진군을 멈추게 했다. 양맥과 요동의 경계지대인 태자하 유역이었다.

"이곳에서 숙영한다. 준비시켜라."

"예, 성주님!"

"숙영을 준비하라! 이곳에서 숙영할 것이다!"

여기저기서 부장들이 숙영을 외쳐댔다. 그리고 사현도 말에서 내려 물주머니를 꺼내 목을 축였다. 그런 그에게 극천이 다가와 말을 걸었다.

"적들이 알아채고 미리 준비를 해두지 않겠습니까? 양평으로 가는 길은 생각보다 산세가 험합니다."

"이미 공손찬이 북평에서 출병했을 것이다. 그리고 경추 또한 보고를 들었을 것이야. 어차피 그자는 포위당하는 것을 원하지 않을 테니, 우리나 공손찬 중 하나를 선택해 성밖에서 막으려 할 것이다. 그리고 공손찬과 우리 중 성밖에서 막기 쉬운 쪽은 공손찬이다."

"백망산을 말씀하시는군요."

"백망산이야 북평 근처의 산이니 넘기 쉬울 거다. 그러나 문제는 그다음에 있는 요하지. 요하에 도달하기 전에 마주할 늪지대는 그야말로 지옥이다. 심지어 너머에서 공격을 가한다면 심각한 피해를 입기 마련이지. 경추는 공손찬이 그곳을 쉽게 넘지 못하도록 하려 할거야. 그리고 남은 군사로 우리와 수성전을 벌이겠지. 우리가 성에 도착할 때까지는 소수의 병력으로 벌이는 유격전을 제외하면 별다른 저항은 없을 것이다."

"생각해보니 그렇습니다."

"또한 그때 왔던 양평의 현위가 안에서 내응하겠다고 했다. 어떤 방식일지는 모르나, 양평을 수월히 장악할 수 있을 것이야."

"불만이 이만저만이 아닌가봅니다. 배신을 할 정도면."

"배반자이기는 하나, 그 사정이 딱해 완전히 이해를 못할 정도는 아니다."

공손강은 경추의 영향력 하에 있는 양평의 현위다. 그는 아버지인 공손도를 경멸하던 양평현령 공손소에 의해 강제로 종군하는 중이었기 때문에 불만이 많았고, 그래서 공손찬에게 협력한 것이라고 했다.

그때 마침 경추가 화친을 요청하는 사자를 보내게 되었고, 공손강을 이리저리 굴릴 방도만 찾는 데 혈안이 되어 있던 공손소가 '제 부하를 보내겠습니다!'하고 공손강을 보낸것.

물론 공손소의 입장에서는 공손강을 어떻게든 고생시킬 생각이었겠지만, 오히려 그 판단이 공손찬의 일을 더욱 쉽게 만들어준 셈이었다.

이번 계획에서 그는 공손찬과 사현의 군대가 양평에 도달함과 동시에 내응할 것이라고 했다.

공손강의 입장에서는 매번 부당한 대우를 받아왔던 설움을 풀 수 있어 좋고, 공손찬으로서는 정적 경추를 제거할수 있어 좋았으며, 사현은 양평을 쉽게 점령할 수 있어 좋았다.

"듣고 보니 그렇습니다. 만약 그렇다면 최대한 빠르게 양평에 도착해야겠습니다."

"그렇지. 내일 아침 일찍 출발할 것이니 그렇게 알고 있으라."

"예, 성주님."

말을 마친 사현은 다시 말에 올라탔다. 그리고 부장 둘만 데리고 앞으로 내달렸다. 진군해야 할 길을 미리 정찰할 목적이었다.

양평으로 가는 길은 예상대로 험난한 산길로 이루어져 있었다. 그러나 험준하기는 해도 대군이 한번에 지나갈 만큼 넓은 길들이 도처에 깔려 있어 기습을 당하더라도 대응하기가 어렵지는 않을 것 같았다.

"매복해 공격하기에는 그다지 좋지 않은 지형이다. 오히려 기습당하는 쪽이 침착하게 역습한다면 포위당할 위험이 있는 곳이야. 기습은 없겠구나."

"만약 있다면 좋은 일 아니겠습니까? 적의 예기를 꺾을 기회가 될 것입니다."

"저들도 머리가 없는 짐승들이 아닌 이상에야 이곳에서

우리를 맞으려 하지는 않을 것이다. 이곳에 매복을 하느니, 차라리 수성전을 하는 것이 백배 낫겠다. 지형을 보아라. 매복을 한다 하더라도 위에서 공격을 하는 것이 아닌 아래에서 올려쳐야 하는 형세다."

"과연 그러하옵니다. 이 길을 무사히 통과해낸다면 양평까지는 한걸음이니, 무리 없이 진군을 마칠 수 있을 것 같사옵니다."

부장의 말에 사현이 조용히 고개를 끄덕이며 말을 몰았다. 그러다 문득 뭔가 떠올랐다는 듯 입을 열었다.

"아, 그러고 보니 이 근처에 한나라군의 군영이 하나 있지 않았나?"

"예, 성주님. 조금만 더 가면 이 산길을 통제하는 자그마한 진지가 있사옵니다."

"그곳에 주둔하는 군사들의 수는 얼마나 되나?"

"자세히는 알지 못하나 지난달에 받았던 보고에 적힌 수가 그대로 유지되고 있다면 일백이 조금 넘을 것입니다."

"흐음……."

한나라 군영에 대한 이야기를 들은 사현은 잠시 고민에 빠졌다. 그러자 부장이 물어왔다.

"성주님, 혹 그곳을 치실 생각이십니까? 그건 위험합니다. 셋으로 백여명의 적을 상대하려 하시다니요."

부장의 만류를 들은 사현이 흘끗 그를 쳐다보았다. 그리고 익살스러운 표정으로 물었다.

"왜. 두려워서 그러나?"

그러자 부장이 자기도 모르게 발끈하며 외쳤다.

"그럴 리가 있겠사옵니까! 고구려의 무장으로서 칼을 잡은 순간, 목숨은 이미 버린지 오래이옵니다."

"그럼 셋으로 수십을 상대하지 못할 이유가 무엇인가. 목숨을 버린지 오래인데."

"그, 그건… 성주님께서 위험에 처하실 수도 있으니!"

"난 절대 죽지 않는다. 저런 한나라 잡병들의 눈먼 칼에 당할 정도로 내 사모를 우습게 보는가?"

"죄송합니다."

"되었다. 매사에 진지한 그대를 한번 놀려보고 싶었다. 너희는 먼저 돌아가라. 내 확인하고 싶은 것이 있으니 그것만 보고 돌아가겠다."

"성주님을 모시고 돌아가겠습니다."

"내 개인적인 일이다. 너희가 보는 것을 원하지 않는다."

"……."

"……."

두 부장은 잠시 서로의 눈치를 보다가 고개를 끄덕이곤 사현에게 군례를 올렸다.

"하오면, 먼저 복귀하겠사옵니다."

"군영에서 뵙겠사옵니다."

사현이 미소 지으며 한번 끄덕여주자 부장들은 말을 돌려 군영 쪽을 향해 말을 달려갔다.

* * *

사현을 두고 돌아온 두 부장들은 복귀하자마자 극천의 거대한 분노를 맞이해야 했다.

"네놈들이 정신이 있는 것이냐! 정녕 미친 것이야!"

"자, 장군. 그것이……."

"성주님을 모시고 나갔으면 끝까지 뒤를 지키는 것이 너희들의 소임이다! 아무리 돌아가라고 하신다고 해도 정말로 돌아와버리면 어쩌자는 것이야! 멀찍이 뒤따르며 신변에 위험이 생기실 것 같으면 곧바로 나서야지!"

"네놈들이 제정신이 아닌 게지. 어디 가서 내 밑에 있었다는 이야기는 절대 하지 마라!"

자승도 고함을 터트렸다. 두 부장은 자승이 지휘하던 부대에 있다가 부모달로 승진한 이들이었기 때문이다. 나름 강직하고 머리도 잘 굴러가는 놈들이라 생각해 승진시킨 것인데, 이렇게 생각 없는 짓을 벌일 줄은 자승도 알지 못했다.

"……."

"……."

백번 다시 생각해도 할 말이 없는 상황이었기에 두 부장은 아무 대꾸도 하지 못한 채 조용히 듣고만 있었다. 그러자 극천이 탁상을 내리치며 큰 소리로 명령했다.

　"지금 당장 네놈들 휘하의 기병들을 이끌고 성주님이 가신 곳으로 향하라! 내일 날이 밝기 전까지 성주님을 모시고 오지 못하면, 네놈들은 전부 경을 칠 줄 알아라! 알겠느냐!"

　"예, 장군!"

　"제가 가겠습니다. 뭘 믿고 저놈들을 보내겠습니까?"

　자승이 자리에서 일어났다.

　"그래주겠나? 서두르게!"

　"예, 장군!"

　우렁차게 대답한 자승이 부리나케 달려 자신의 막사로 돌아왔다. 그리고 그의 부하들 중 기병들만을 추려 군영 앞에 모였다. 20여 기의 기병들이 모였고, 그들에게 자승이 말했다.

　"우리는 곧바로 양평 방향으로 간다. 가는 도중 성주님을 발견하면 곧바로 내게 알리도록 해라. 빨리 달리지 않을 것이다. 천천히 말을 몰되 주변을 면밀히 살펴야 한다. 알았느냐?"

　"예!"

　기병들이 우렁차게 대답했다. 자신들의 우상인 성주가

위험에 빠졌고, 그런 그를 구하러 가는 길이라고 하니 괜시리 마음이 급해진 모양이었다.

"그럼, 출발한다."

자승이 맨 앞에서 말을 몰아 군영을 나섰다. 그리고 본격적으로 달리려 하는 그때, 그들의 눈앞에 한 기의 인마가 나타났다. 그리고 그 기병이 다가오면 다가올수록 자승과 기병들의 눈이 점점 더 커졌다.

"서, 성주님!"

그 기병은 바로 온몸에 피칠갑을 한 사현이었다. 그는 얼굴을 뒤덮은 피를 닦아낼 생각조차 하지 않은 채 말 위에서 쾌활한 목소리로 말을 걸어왔다.

"자승이 아닌가. 어딜 가는 것이야?"

"성주님을 찾아 모시러 나가는 길이었습니다! 어디 상하신 곳은……."

"또 극 부장이 성화를 부렸구만. 되었네. 들어가세."

"성주님!"

"들어가자니까? 다친 데도 없고, 내 앞에 있던 적병들 중 살아남은 자는 없다. 뭐가 문제야?"

"하오나……."

"또 같은 이야기를 하려거든 그냥 말을 타고 군영 밖을 한바퀴 돌고 오도록. 그게 차라리 답답한 마음을 달래는 데 도움이 될 것이다."

"……."

자승의 입을 막아버린 사현은 군영 안으로 들어와 곧바로 지휘막사로 들어갔다. 그곳에는 침통한 얼굴을 한 채 상석에 앉아 있는 극천과 휘하 장수들이 있었다.

극천은 사현이 들어서자 곧바로 자리에서 벌떡 일어나며 외쳤다.

"성주님! 이게 어찌 된 일입니까! 몸에 그 피는 또 무슨……."

"아, 중간에 적병을 만나 몸 좀 풀었다. 걱정할 거 없어."

"…부장들은 왜 돌려보내신 것입니까? 위험한 일이라도 생기면 어찌하려 그러셨습니까?"

"아, 거 참. 가끔 보면 극 부장은 날 정말 어린애로 보는 것 같아. 그거 참 기분 나쁜 일인데 말일세."

"성주님!"

"알았네, 알았어. 앞으로는 이런 일 없도록 하지. 되었는가?"

"……."

극천은 말없이 상석에서 비켜나 그 아랫자리로 이동했다.

* * *

"뭐라! 산기슭의 군영이 초토화?"

갑옷을 갖춰 입은 경추가 자리에서 벌떡 일어나 외쳤다. 맥성에서 대군이 출병했다는 소식은 이미 들어 알고 있는 상황이라 군략을 논의하던 중, 양평으로 오는 길목에 주둔하던 군사들이 전멸했다는 보고를 받은 것이다.

"그렇습니다, 태수님. 고구려군의 기습을 받았다고 합니다."

"살아 돌아온 자는, 살아 돌아온 자는 있는가!"

"병졸 셋이 살아서 복귀했습니다만 한명은 이미 숨이 끊어졌고, 나머지 둘도 위독한 상태입니다."

"병졸 셋이라니! 그럼 그곳의 책임자는! 책임자가 누구였던가!"

"백장(伯長) 장의거(蔣義渠)이옵니다. 적에게 당해 말 아래로 떨어지는 것을 보았다 하옵니다."

"이런……."

장의거라면 경추가 꽤나 눈여겨보고 있던 젊은 장수였다. 이제 서른이 되어 그 기량을 만개할 때인데 전사했다는 보고가 들어오자 입맛이 쓰려왔다.

"바로 복귀하라는 명령을 보내라 하지 않았느냐! 어찌 그들이 계속 그곳에 있었던 것이야!"

"그게… 명령을 받든 전령이 도착하기도 전에 습격을 받았다 하옵니다."

"에이, 운이 없으려니……."

경추가 답답한 가슴을 연신 두드리며 한탄했다. 그러다 문득 생각난 듯 입을 열었다.

"몇 명이 습격해 왔다고 하던가? 백장의 군영이 아닌가! 그곳에 백명은 넘게 주둔하고 있었을 것이다. 그 야밤에 고구려군이 대대적으로 공격을 해왔단 말이냐!"

"그, 그것이……."

속연(屬掾) 양두(楊兜)가 대답을 망설였다. 그러자 경추가 열불을 내며 채근했다.

"어찌 대답이 없는 게야! 묻지 않았느냐! 적의 수가 얼마나 되느냐고!"

"적의 수는……."

양두는 아랫입술을 꽉 깨물고 있다가 마침내 입을 열어 대답했다.

"…단, 단 1명이었다고 하옵니다."

"뭐, 뭐라고?"

경추가 눈을 동그랗게 떴다.

* * *

반나절 전, 해가 막 졌을 때였다. 양맥에서 양평으로 가는 길목인 마대산(馬帶山)의 한나라 군영에 비상이 걸렸다.

"장군! 고구려군이 옵니다!"

군영의 책임자인 백장 장의거가 보고를 받고 군영 밖으로 뛰쳐나가 산 아래를 내려다보았다. 어둑어둑해지고 있어 잘 보이지는 않지만 군사들의 갑주나 기의 문양이 틀림없는 고구려군이었다.

"젠장! 갑자기 저런 대군이 몰려오는 것이 말이 되는가!"

장의거는 잠시 혼란했던 머리를 간신히 진정시켰다. 그리고 뒤를 돌아보며 외쳤다.

"지금 당장 태수님께 전령을 보내라! 고구려군이 산 아래까지 진군했다고 보고해!"

"알겠습니다, 장군!"

"그리고 우리는 어찌해야 할지도 여쭙고 오너라! 시간이 없다. 언제 저들이 이곳을 들이칠지 모르는 일이야!"

애초에 장의거가 맡고 있는 이 군영은 적의 대대적인 공격을 방어하기 위해 만들어진 진지가 아니었다. 고구려와 한나라의 국경인 만큼 지나다니는 행인들을 통제하는 검문소의 역할을 하는 곳일 뿐이었다.

한눈에 보아도 수천은 넘어 보이는 대병력을 막을 만한 지리적 이점도 갖추지 못했고, 주둔해 있는 병사들도 신병들이 대부분이었다.

"큰일이다. 저들이 이곳으로 올라오는 순간 우리는 전부 몰살을 당할 것이야!"

"그냥 후퇴를 하시는 게……."

"명령 없이 후퇴했다간 어찌 되는지 너희들도 다들 알고 있지 않느냐!"

과거에 맥성을 공격하러 갔던 장수 하나가 맥성의 전귀 사현에게 호되게 당하고 도망쳐 왔을 때, 경추는 망설임 없이 그 장수를 참형에 처해버렸다. 태수의 명령도 없이 군사를 물렸다는 이유였다.

"일단 군영을 걷고 물러날 준비를 갖춰놓도록 해라. 전령이 당도하는 대로 출발할 것이다."

"예, 장군!"

장의거의 명령을 받은 십장(什長)이 급히 군영 쪽으로 달려갔다. 그런데…….

쐐애액!

"크아악!"

"아니!"

장의거의 귓가를 스치고 지나간 화살 한대가 군영을 걷으라는 명령을 내리려던 십장의 뒷목을 꿰뚫어버렸다. 화살에 맞은 십장은 외마디 비명을 지르며 고꾸라졌다.

"습격이다!"

장의거는 자기도 모르게 터져나오는 고함을 굳이 막지 않았다. 그 후 자신의 장검을 뽑아들며 화살이 날아온 곳을 돌아보았다. 그런데.

"…뭐야, 저건."

장의거가 멍청한 표정으로 중얼거렸다. 백여명의 군사들이 주둔한 이 군영으로 활을 든 채 맹렬히 말을 달려오고 있는 단 1기의 기병을 발견했기 때문이다.

"혼자……?"

어두운 데다 멀어서 잘 보이지는 않았지만, 그래도 그 기병 뒤로 단 한명의 군사도 따르지 않고 있다는 것 정도는 분별이 가능했다.

아마 손에 들린 활을 쏘아 십장을 쓰러트렸을 것이다. 가히 신궁(神弓)이라 할 만했다. 그러나…….

"감히 혼자 이곳엘 달려들다니. 죽고 싶어 안달이 난 놈이로구나."

장의거는 낮은 목소리로 으르렁거리더니 자신의 말이 매어져 있는 군영 안까지 물러났다. 그리고 말에 올라 다시 쳐들어오고 있는 기병 쪽을 바라보았다.

"내 너를 죽여 죽은 부하의 넋을 위로할……."

비장한 다짐을 읊조리던 장의거가 뭔가를 발견하고 눈을 부릅떴다. 이제는 거의 가까이 접근한 그리고 어느새 활을 집어넣은 그 기병의 손에 들린 무기를 발견한 순간이었다.

"저, 저건!"

기다란 대 끝에 달린 거대한 창날. 그것도 일반적인 창날

170

이 아니었다. 용트림을 하듯 구불구불하면서도 매끄럽게 뻗어나가는 은빛 곡선이 은은하게 떠오른 달빛을 받아 반짝였다. 또한 구부러진 날끝이 마치 뱀과도 같다 해서 붙여진 이름이 바로……

사모(蛇矛).

맥성 성주 고사현의 애병(愛兵). 그가 고안해냈고, 그만 사용할 수 있는 무기. 또한 저 장사모를 든 저 전귀의 앞에서는 살아남은 자가 없다고들 했다.

"저… 전귀. 전귀가 나타났다……."

장의거는 돌격해오는 자의 정체를 알아채고 순간적으로 기가 죽어버렸다. 그리고 웅성거리며 장의거가 있는 곳으로 모여든 군사들이 안타깝게도 그 중얼거리는 말소리를 들어버렸다.

"전귀?"

"전귀가 온다고?"

"맞아! 저 무기!"

"전귀다!"

"귀신이다!"

단기필마로 돌격해오고 있음에도 불구하고, 또 이쪽은 백 명이 훨씬 넘는 수임에도 불구하고 한나라군은 점점 뒤로 물러나고 있었다. 그리고 바로 다음 순간, 철갑을 두른 전마가 군영 안으로 들이닥쳤다.

"으아악!"

"도망쳐라!"

"귀신이다!"

이미 얼이 빠져버린 장의거는 자신을 쌩하니 지나가 장사모를 마구잡이로 휘둘러버리는 적을 보고도 아무런 반응을 하지 못했다. 그러는 사이, 그의 부하들은 저 무시무시한 맥성의 전귀에게 무참히 살육당하고 있었다.

그야말로 학살.

"으악!"

"살려줘!"

"으아악!"

그의 장사모가 한번 휘둘러질 때마다 한나라군이 두세명씩 피를 뿜으며 멀리 나가떨어졌다.

그럼에도 불구하고 한나라군은 감히 대항할 엄두조차 내지 못하고 뒤로 물러서고만 있을 뿐이었다.

그렇게 한나라군의 시체가 군영 안을 가득 메울 때쯤이 되어서야 장의거는 반쯤 탈출했던 정신을 다시 붙잡아올 수 있었다. 그리고 입술을 강하게 깨물었다. 짓눌린 입술에서 애달픈 핏줄기가 흘러내렸다.

"이, 이이이……."

검을 든 오른손과 말고삐를 잡은 왼손이 동시에 부르르 떨려왔다. 그리고 그의 발이 절로 움직여 말의 아랫배를 때리고 있었다.

푸히힝!

말이 깜짝 놀라 울부짖으며 앞으로 내달렸다. 장의거는 말의 갈기에 몸을 바싹 붙인 채 검을 치켜들고 사현의 후방으로 접근해 들어갔다. 그럼에도 불구하고 사현은 아무런 반응을 보이지 않고 있었다.

'내 부하들의 원수!'

이를 악문 장의거가 여전히 장사모를 휘두르며 한나라군을 학살하고 있는 사현의 등을 향해 검을 냅다 휘둘렀다.

챙!

"아…….."

그리고 어느새 뒤돌았는지 피 칠갑을 한 적장이 장의거의 검을 막아냈다. 그의 입가에는 은은한 미소가 서려 있었다.

"웃어?"

장의거가 치미는 분노를 그대로 표출하며 검을 다시 휘둘렀다. 장의거의 검이 곧바로 회수되었다가 사현의 심장을 향해 뻗어갔다.

검을 찔러가던 장의거는 갑자기 엄습해오는 오싹함에 몸을 웅크리며 멈칫했다. 그리고 자신의 실책을 깨닫고 급히 앞을 바라보는데, 신묘한 문양을 그리며 휘둘러지는 장사모가 그의 눈앞으로 날아들고 있었다.

"아, 아아……."

그 순간 장의거의 눈에서 희망이 사라졌다. 그리고 장사모에 묻어 있던, 아마 그의 동료들이 흘린 것이 분명할 뜨거운 피가 장의거의 목을 어루만지는 순간…….

서걱!

장의거의 목이 공중으로 붕 떠올랐다.

"……."

마주친 적장의 목을 벤 사현이 땅에 떨어진 장의거의 목을 돌아보았다. 그러나 그것도 잠시, 사현은 곧바로 달려드는 적병을 향해 다시 사모를 휘둘렀다.

*　*　*

군영 내에서 숨 쉬는 이가 사현밖에 남지 않게 되는 것은 얼마 걸리지 않았다. 불과 차를 한잔 마실 시간 동안에 모든 한나라군을 정리한 사현은 갑옷에 묻은 피를 닦아낼 생각도 하지 않고 말머리를 돌렸다.

"시간이… 너무 오래 지체되었나."

한 막사의 나무기둥 안에 꽂힌 횃불을 집어든 사현은 군영 안을 돌아다니며 막사마다 불을 질렀다.

몇 안 되는 막사들에 전부 불이 붙어 타오르기 시작했고, 불이 점점 커져 그 빛이 길을 환히 비추었다.

"극 부장한테 한소리 듣겠군."

사현은 환한 불빛을 등불삼아 왔던 길을 다시 내려가기 시작했다. 그리고 얼마나 내려갔을까. 그의 눈앞에 군영 밖으로 나서는 20여명의 고구려 기병들이 나타났다.

"성주님!"

자신을 부르는 기병들을 향해 사현이 반가운 얼굴로 외쳤다.

"자승이 아닌가. 어딜 가는 것이야?"

양평 공방전

 사현 단 한사람에게 백명이 넘는 군사들이 박살났다는
소문이 한나라군 사이에 전염병 퍼지듯 번져나갔다.

 그러면서 사현의 무용담이 더욱 활기차게 한나라 군영
안을 돌아다녔고, 그런 괴물과 맞서서 무기를 휘두르며 싸
워야 한다는 생각에 군사들의 사기는 더욱 떨어지고 말았
다.

 "사모 한번 휘둘러서 장의거 백장의 군사들을 전부 죽여
버렸다는군!"

 "장의거 백장이 칼 한번 휘두르지 못하고 목이 잘렸다는
구만!"

"맥성의 전귀는 입에서 불을 뿜는대!"

"그뿐인가? 손을 한번 휘저으면 돌풍이 몰아친다고 들었어!"

사현에 대한 이야기는 살에 살이 붙어 하나의 거대한 신화로 변해가고 있었다. 그리고 그 덩치가 불어나면 불어날수록 태수 경추를 비롯한 요동군 장수들의 심정은 참담해져 갔다. 게다가 엎친 데 덮친 격으로 충격적인 소식이 들려오고야 말았다.

"뭐? 공손찬이 출병을 해!?"

"예, 태수님! 북평에서 수천의 군사가 몰려나오는 것을 똑똑히 보았다고 합니다!"

"군대의 방향은 어디라더냐! 북쪽이던가?"

"그것이… 동쪽. 이곳 양평을 향하고 있다 하옵니다."

"아…….."

"태, 태수님!"

"태수님!"

경추가 뒷목을 잡으며 몸을 축 늘어트렸다. 휘하 장수들이 깜짝 놀라 달려들었으나, 그는 손을 한번 내저어 주변을 진정시켰다.

"호들갑 떨지 마라! 날 걱정할 시간에 이 일을 수습할 방법이나 떠올려보란 말이다!"

경추가 호통치자 회의실의 소란이 놀라운 속도로 진정되

어갔다. 그리고 잠시 후, 양평현령 공손소가 조심스럽게 입을 열었다.

"태수님, 혹 공손찬이 우리를 돕기 위해 출병한 것은 아니겠습니까?"

"우릴 돕는다? 공손찬이?"

"예, 태수님. 물론 공손찬의 북평이 우리와 사이가 그다지 편한 것은 아니라고 하지만, 그래도 같은 한 황실을 섬기는 동료가 아닙니까."

쾅!

"헛소리 집어치워라!"

경추가 책상을 주먹으로 강하게 내리치며 소리를 버럭 질렀다.

"공손찬 그놈이 날 돕는다고? 그놈은 호시탐탐 날 몰아내고 요동을 차지할 궁리만 하는 놈이다! 한 황실을 섬기는 동료라? 그놈이 정말로 황실을 위해 오랑캐들과 싸우고 있다 생각하느냐? 천만에! 그놈은 제 명성을 드높이고 세력을 모으기 위해 칼을 휘두르는 것이다!"

화가 머리끝까지 차오른 경추가 공손소를 노려보며 외쳤다.

"그놈은 제놈이 아니라 다른 자가 주목을 받으면 분해서 견디질 못하는 놈이다! 뻔히 태수가 있는 지역에서 활개치고 다니며 위세를 부리다, 주자사의 치소(治所)인 북평에

눌러앉아 있는 것을 보면 모르겠느냐 말이다! 지금 유 자사가 그자 때문에 얼마나 곤란해하고 있는지 아느냐! 그런데 그런 놈이 날 도와? 정신 빠진 소리 당장 집어치우란 말이다!"

"…죄, 죄송합니다."

공손소가 힘없이 물러났다. 경추가 심각하게 격앙되어 있기는 했지만, 그래도 그의 말에 틀린 구석이 없었던 탓이었다.

경추의 말 그대로였다. 공손찬의 평이 과장되었을 수는 있었다. 그러나 공손찬이 경추를 도울 이유가 없는 것 또한 사실이었다.

만약 보고대로 공손찬이 양평을 향해 진군하고 있다면, 그건 바로 경추를 공격하기 위함일 가능성이 더 컸다.

"전에 그놈이 보냈던 서신을 그대로 믿은 것이 잘못이었다. 그때 의심했어야 했어……."

경추가 허탈한 목소리로 중얼거리듯 말했다.

"태수님……."

신창(新昌) 현령 악주(樂註)가 착잡한 표정으로 경추를 불렀다. 경추가 말한 그 '서신'을 의심해야 한다고 가장 강력하게 주장했던 것이 그였기 때문이다.

* * *

약 두달여 전, 경추의 아들이 맥성 인근의 마을로 약탈을 나갔다가 대패하고 목 없는 시체만 쓸쓸히 돌아왔던 그날이었다.

"태수님! 요서의 향로교위가 보낸 서신입니다!"

"향로교위?"

"오환이 두려워한다는 속국의 장사가 아닌가!"

'요서의 향로교위', '속국의 장사'. 전부 공손찬을 이르는 말이었다.

"그자가 무슨 일로 서신을 보낸단 말이냐?"

공손찬과 치열한 힘겨루기를 하고 있는 경추다. 그래서 그는 의심 가득한 눈초리로 자신의 앞에 놓인 서신을 바라보았다. 그러자 서안평(西安平) 현령 최주(崔洲)가 입을 열었다.

"공손찬은 현재 오환과 전쟁을 벌이고 있습니다. 마침 우리가 고구려와 잦은 전투를 벌이는 와중이니 불가침의 약(約)을 맺기 위함이 아니겠습니까."

"하, 불가침? 그럴 리가 있겠는가! 아무리 공손찬이 제정신이 아니라 하더라도 한 황실의 신하이니라! 만약 내가 무시한다면 우리끼리 전쟁이라도 벌이겠다는 것이야, 뭐야!"

경추가 코웃음을 치며 서신을 집어 들었다. 불가침 조약의 내용을 담고 있을 것이라는 최주의 말이 너무도 우스웠기 때문이다.

그러나 못마땅한 표정으로 최주를 바라보며 서신을 펼쳐 든 경추는 글을 읽어 내려가면 내려갈수록 점점 그 표정을 굳혀갔다.

"이, 이자가… 이자가!"

"무슨 내용입니까?"

방금 집무실로 들어와 앉았던 태수의 동생 경부가 서신을 빼앗아 들어 읽었다. 그리고 잠시 후, 경부의 표정도 형과 다르지 않게 변해버렸다.

"정녕 우리를 적으로 생각하는 모양입니다."

"미치지 않고서야! 어찌 이딴 서신을 보낸단 말인가!"

경추가 분통을 터트리며 외쳤고, 그러는 사이 공손찬의 서신이 요동 각현의 현령들에게 돌려졌다.

그리고 잠시 후 자리에 모여 있던 현령들이 한마디씩 내뱉기 시작했다.

"불가침이라니… 이건 적국에나 보낼 만한 서신이 아닙니까."

"오환으로 보내야 할 서신이 잘못 온것이 아니겠습니까?"

"서안평 현령의 예측이 맞았습니다."

"어찌 이런 오만한 글을 보낼 수가 있는지……."

"따지고 보면 이자는 우리와 같은 품계가 아니오?"

공손찬이 보낸 서신의 내용은 다음과 같았다.

[요동군 태수께 아뢰오. 교위 공손찬은 금일부로 오환과의 전쟁을 벌이려 하오. 이 전쟁은 제국의 북방을 안정시키기 위한 것으로, 만일 본인이 전투를 하는 틈을 타 북평에 남은 이들을 핍박하려 한다면 그것은 곧 황실에 반하는 행동이 되고야 말 것이오. 태수께서는 고구려와의 전투로 바쁘시다 들었소. 그러니 본인은 오환을, 태수께서는 고구려를 각자 맡아 토벌하면 될 것이오. 향로교위 공손찬.]

"제정신이 아닌 게야. 제정신이……."

경추가 멍하니 중얼거렸다. 고구려만 해도 머리가 아플 지경인데 공손찬까지 자신의 신경을 건드려 대고 있으니, 이야말로 첩첩산중에 설상가상이 아닐 수 없었다.

그런데 그때 가장 마지막으로 서신을 읽었던 서부도위(東部都尉) 선단(繕壇)이 자신의 의견을 말했다.

"하지만 다르게 생각하면 이 서신을 굳이 무시할 필요도 없는 것 아니겠습니까?"

"무슨 소린가, 선 도위."

"물론 이 서신의 내용이 매우 오만방자하고 사악한 뜻을 품고 있다는 것은 잘 알겠습니다. 허나 결국 공손찬이 말하고자 하는 것은 서안평 현령이 말한 바와 같지 않습니까? 어차피 우리는 저 맥성의 고구려군에게 집중해야 합니다. 공손찬이 먼저 공격해오지 않겠다 해주는데 굳이 거절할 필요가 없다고 생각합니다."

"흥. 우리가 받아들인 후 빈틈을 보인다면 저자가 공격해오지 않을 것 같은가?"

동부도위(東部都尉) 담양(譚攘)이 비웃었다. 그러나 선단은 물러서지 않았다.

"그렇게 비꼬는 서부도위는 방법이 있는가? 지금 독이 잔뜩 올라 있는 고구려를 저리 두고 공손찬과 전쟁을 벌이잔 건가? 그건 내전이야!"

"먼저 공격할 쪽은 공손찬이네. 명분은 우리에게 있어!"

"하. 명분은 이기는 쪽이 가지는 것일세. 지금 우리 요동군만의 힘으로 공손찬의 군대를 이길 수 있겠는가? 저놈들은 오랑캐들과의 전쟁으로 단련될 대로 단련된 자들이야!"

"……."

논리정연한 선단의 말에 담양이 입을 꾹 다물어버렸다. 사실 별다른 방법이 있는 것도 아니었다. 요동군의 입장에서 공손찬이 이런 서신을 보내왔다면, 울며 겨자 먹기로 받아들이는 수밖에 없는 것이 사실이었으니까.

경추는 공손찬처럼 과감한 결단을 내릴 만한 위인이 못

되었다. 그리고 그것을 잘 아는 선단은 경추를 향해 자신의 주장을 펼치기 시작했다.

"태수님. 일단 받아들이셔야 합니다. 지금은 고구려에 집중할 때입니다. 아드님을 잃으시지 않았습니까. 그 원한을 저 고구려 놈들에게 갚아주셔야 하지 않겠습니까!"

"…일단, 일단 지켜보겠다."

경추는 제장들의 자리를 한바퀴 돌아 다시 자신의 앞으로 온 서신을 뚫어지게 쳐다보다가 떨어지지 않는 입술을 억지로 움직여 말했다.

"공손찬이 보낸 전령에게 그의 제안을 받아들이겠으니 맡은 임무에 충실하라 전하라 하라."

"알겠습니다."

서신을 받아 들고 왔던 부장이 대답을 한 후 몸을 돌렸다. 그리고 지시를 이행하기 위해 집무실 밖으로 나가려는 찰나, 그의 발걸음을 붙잡는 외침이 들려왔다.

"잠깐 멈춰서거라!"

"무슨 일인가, 악 현령."

신창현령 악주였다. 그는 말을 꺼낸 지금도 뭔가 고민에 잠겨있는지 좁혀진 미간을 풀지 않았다.

"무슨 일이냐니까."

"태수님. 저 제안을 받아들이시는 것을 재고해보셔야 합니다."

"재고하다니?"

"받아들이겠다 뜻을 전하신다 하더라도 북평 쪽을 향한 경계를 늦춰서는 아니 될 것입니다."

"그러니까 무슨 이유인지 말하라."

"공손찬이 오환을 공격하러 간다고 하는데, 저 말이 사실인지 확실하지 않습니다."

"확실하지 않다니? 오환을 공격하는 것은 공손찬이 이곳에 있는 이유나 마찬가지다."

"그러나 공손찬은 이미 오환과의 많은 전투에서 승리를 거두어 그 공이 높습니다. 굳이 이 추운 겨울을 선택해 다시 전쟁을 벌일 이유가 없다는 뜻입니다."

악주가 그럴 듯한 이유를 대며 말했다. 그러자 선단이 그 말에 반박해왔다.

"그럼 고구려에 대한 경계가 늦을 수밖에 없네, 악 현령."

"그건 어쩔 수 없습니다. 고구려에 대한 공격은 황실에서 내린 명령이 아닙니다."

"그렇다고 저 맥성의 군사들을 그대로 두고 볼 수만은 없어! 저들은 분명 이곳 요동을 차지하려 할 것이다!"

"우리 안을 먼저 잘 단속해야 합니다! 내부에 적을 두고 외적과 싸울 수는 없습니다!"

"쓸데없는 걱정일 뿐이야. 정 불안하면 내외에 이 불가

188

침의 약속을 널리 알려버리면 될 것이 아닌가! 그럼 공손찬도 주변의 시선이 신경 쓰여 쉽사리 공격해오지는 못할 것이네!"

"그런 것에 신경을 쓰는 자였다면 이런 고민을 할 필요도 없는 것이 아닙니까!"

"어허, 그래도 이 사람이! 왜 이해를 하지 못하는 것인가! 상황 파악이 그리도 안 되나?"

"도위님이야말로 주변 정세를 좀 보십시오! 지금 우리가 고구려와 전쟁을 할 상황입니까?"

둘의 갈등이 점점 고조되었다. 나머지 도위들과 현령들은 감히 그 언쟁에 끼어들 생각조차 하지 못하고 가만히 지켜보고만 있었다. 그런데 그때, 경추의 서릿발 같은 목소리가 둘을 갈라놓았다.

"그만! 그만하라!"

"태수님!"

"태수님!"

선단과 악주가 동시에 경추를 불렀다. '제발 제 의견을 따라주십시오!'하는 마음의 표출이리라. 그리고 다음 순간 경추가 입을 열었다.

"내 결정은······."

＊　＊　＊

"악 현령, 그때 자네 말을 들었어야 했네. 우린 공손찬과 그런 서신을 주고받을 것이 아니라 고구려와 했어야 했어."

"…이미 늦었습니다, 태수님. 지금은 양쪽에서 몰려오는 놈들을 막아내는 것이 먼저입니다."

그러자 양평현령 공손소가 입을 열었다.

"다행히 서부도위가 제 위치를 지키고 있습니다. 무려(無慮)현의 군사들로 요하에서 공손찬을 먼저 막아내게 하고, 고구려와의 전투를 먼저 치러야 할 듯합니다."

"그가 막을 수 있겠는가?"

"태수님, 이곳 양평을 고구려에게 내주어서는 안 되는 이유 중 하나가 요하를 넘어 이곳을 공격하는 것이 힘들기 때문입니다. 특히 요하를 건너기 전의 늪지대 요택(遼澤)은 조금의 어긋남이라도 있었다가는 생지옥으로 변하는 곳입니다. 도위 휘하의 군사들이라면 2천이 훨씬 넘습니다. 기병들을 주력으로 하는 공손찬의 군대는 충분히 막을 만 합니다."

도위는 한 군의 군대를 지휘하는 장군직이다. 서—중—동의 3부로 나뉘어 있었으니, 이 세명의 도위들이 그 군의 군사력을 장악하고 있다는 뜻이다.

아무리 공손찬이라고 할지라도 그런 서부도위의 군사들

이 지키고 있는 난공불락의 방어선을 쉽게 돌파할 수 없으리라는 공손소의 생각은 상당히 합리적이었다.

"그래… 그자가 우겨대는 바람에 일이 이지경이 되었으니, 자신의 책임을 회피하기 위해서라도 최대한 항전을 하려 할 것이다."

경추가 고개를 끄덕였다. 그리곤 갑자기 용기가 생겼는지 목소리를 높여 공손소를 불렀다.

"공손소!"

"예, 태수님!"

"지금 당장 군사들을 이끌고 이곳으로 오는 길목에 매복하도록 하라. 매복해서 최대한 시간을 끌다가 적들이 가까이 접근하면 그대로 퇴각하라. 저들을 최대한 지치게 한 후, 이곳 양평성에서 놈들을 맞을 것이다!"

"예, 알겠습니다!"

공손소가 씩씩하게 외치며 자리에서 일어나 밖으로 나갔다. 공을 세울 기회가 생겼기 때문일까, 그의 표정이 왠지 모르게 밝아 보였다.

그러나 반나절도 지나지 않아 밖에서 급박한 보고가 들어왔다. 공손소의 선전을 기원하는 경추의 표정이 간신히 정상을 되찾았을 무렵에 들이닥친 급보였다.

"태수님! 성 밖으로 나갔던 양평현령의 부대가 대패했다하옵니다! 이미 성 밖으로 나오기를 기다리고 있던 고구려군이 득달같이 달려들어, 현령의 군사들이 절반 이상 죽었다 하옵니다!"

그리고 그다음으로 경추의 귀에 들어온 소식은 사현의 고구려군이 양평성 동쪽의 20리 밖에 진을 치고 있다는 절망적인 보고였다.

결국 경추는 요하에서 서부도위 선단의 부대가 공손찬을 잘 막아주는 것을 기대할 수밖에 없었다.

* * *

그 시각, 공손찬이 이끄는 군사들은 백망산에 다다라 있었다.

"장군, 백망산입니다. 어떻게 하오리까? 바로 산을 넘으라 하시겠습니까?"

장서(章書) 관정(關靖)이 물어왔다. 그러자 백마에 올라탄 채 산을 물끄러미 바라보고 있던 공손찬이 대답했다.

"넘으라 하라."

"잘 생각하셔야 합니다. 넘으면… 그때부터 돌이킬 수 없습니다."

"북평의 동문으로 군사를 출병시킨 이후부터 이미 돌이킬 수 없는 상황이다. 우리의 출병이 태수의 귀에 들어가지 않았을 것 같은가?"

"…알겠습니다."

고개를 끄덕인 관정이 막료 장수 문칙(文則)에게 눈짓했다. 그리고 곧 공손찬의 군사들이 백망산을 오르기 시작했다. 그다지 가파른 산은 아니었고 위에서 지키는 자들도 없었기 때문에 군사들은 별다른 어려움 없이 산을 오를 수 있었다.

"형님, 괜찮으십니까? 초조해 보이십니다."

공손찬의 사촌동생 공손월(公孫越)이 말을 걸어왔다.

"그렇게 보이느냐?"

"말수가 부쩍 줄어드셨습니다."

"글쎄다. 그냥 기분이 좀 그렇구나. 이 백망산을 황실에서 보낸 태수의 인을 가지고 넘어가고 싶었다만… 아직 이 공손찬이 그렇게까지는 되지 못한 모양이다."

"그것이 어찌 형님이 부족한 탓이겠습니까. 반계집 환관들의 농간에 놀아난 황실이 형님의 능력을 제대로 알아보지 못한 탓이지요."

"그 말이라도 들으니 위안이 되는구나. 우리도 산을 넘도록 하자."

"네."

공손찬의 부대는 순식간에 백망산을 넘었다. 그리고 또다시 쉴 새 없이 진군하는 그들의 앞에 넓은 늪지대가 하나 나타났다.

"요택……."

"장군, 저 건너에 요동의 군사들입니다."

"서부도위 선단의 군사들이겠군."

"아마 그럴 것입니다. 만약 저항한다면 골치깨나 썩을 것 같습니다. 우리 군은 기병의 비율이 높아 늪지대에서 전투를 벌이기에는 무리가 있질 않습니까."

문칙이 말했다. 그러자 관정이 빙그레 웃으며 말했다.

"문 장군, 이런 전쟁에서는 싸움만 잘 한다고 이기는 것이 아니라오."

"그게 무슨 말씀이십니까, 장서?"

"기발한 계책 하나만 있으면 아무리 어렵고 말도 안 되는 전장이라고 하더라도 승리를 거둘 수 있는 법이라는 뜻입니다."

"…그럼, 장서께서는 그 기발한 계책을 가지고 계십니까?"

문칙이 눈에 의심을 가득 담으며 물었다. 그러자 공손찬이 둘의 대화를 끊으며 말했다.

"그냥 지켜보거라, 문칙. 무슨 일이 벌어지는지."

"아, 예. 알겠습니다."

문칙은 별다른 저항 없이 수긍했다. 그리고 마찬가지로 입을 닫은 공손찬이 요택 너머의 군사들을 뚫어져라 노려보았다.

＊　　＊　　＊

"성주님, 공손찬이 북평에서 출병했다고 합니다. 곧바로 백망산을 넘어 양평으로 진군할 예정이니 성을 공격해달라는 전갈입니다."

극천이 양평 인근의 지형도를 들여다보고 있는 사현에게 말했다. 그러자 사현이 심드렁한 얼굴로 고개를 들어 입을 열었다.

"요하를 건너고 태자하를 건너야 공손찬의 군대가 양평에 도착할 수 있다. 그러면 시일이 걸릴 텐데, 이제야 출병한 저의가 뭐겠는가?"

"……."

"양패구상을 노리는 거야. 그리고 어부지리로 둘 다 잡아먹을 수 있으면 잡아먹겠다는 뜻이지."

"그, 그럴 리가……."

"아주 이해가 안 가는 것도 아니다. 공손찬이 우리와 함께하기로 했으나 일단 우리는 그의 적이니. 그래도 기분이 나쁘긴 하군. 이렇게 뒤통수를 칠 준비를 하다니……."

"그럼 이대로 진군하는 것은 위험하지 않겠습니까? 이렇게 이곳에서 공손찬의 군대를 기다릴 수만은 없습니다. 지금은 추운 겨울이라 어떻게든 속전속결로 전쟁을 끝마

쳐야만 합니다, 성주님."

"나도 알고는 있다. 그렇지만 여기서 우리가 군사를 돌리면 국내성에 계신 태왕 폐하의 입지가 불안해진다."

"폐, 폐하의 입지가 불안해지다니요?"

"폐하께서는 모든 신료들의 반대를 무릅쓰고 밀지를 내리셨다. 그것도 출병을 불허한다는 답신 안에다 말이다. 그런데 우리가 아무런 성과도 얻지 못하고 돌아간다면, 그건 밀지를 내린 폐하께도 그리고 밀지를 받고도 아무것도 하지 못한 우리에게도 화가 미칠 수 있어."

"아……."

극천이 탄성을 질렀다. 그리곤 잠시 생각에 잠겼다가 호들갑을 떨며 말했다.

"그럼 저희는 어찌해야 합니까? 앞으로 나아갈 수도, 뒤로 물러설 수도 없는 상황이지 않습니까?"

"공격해야지, 어쩌겠느냐. 그 공손강이라는 자를 믿어봐야지."

"공손강은 공손찬의 조종을 받고 있는 자입니다. 믿을 수 있겠습니까?"

"어쩔 도리가 없지 않나. 그리고 우리 군은 그간 공성전에 관한 훈련을 충분히 해왔다. 굳이 내응이 없더라도 공손찬을 막기 위한 군대가 빠져 있는 양평 정도는 충분히 함락시킬 수 있을 거야."

"……."

"공손찬을 믿을 수 없다면, 우리 군사들을 믿게. 그리고 나를 믿어. 전투를 할 때는 언제나 내가 앞장설 테니."

"성주님……."

사현이 이번 전쟁을 어떻게 생각하고 있는지 느낄 수 있는 대화였다. 그의 마음이 여실히 느껴져서인지 극천의 목소리가 약간이나마 젖어들었다.

"진군 준비를 하라. 양평을 공격할 것이니."

"예, 성주님!"

＊　＊　＊

다음 날, 칼바람이 불어대는 아침이었다.

양평성이 보이는 너른 평원 위에 수천의 고구려군이 그 위세를 떨치며 도열했다. 그리고 그 선봉에 장사모를 단단히 부여잡고 말 위에 올라있는 사현이 있었다.

그런 그에게 극천이 다가왔다.

"성주님. 아무리 그래도 가장 앞에서 돌격하시는 것은 좋지 않은 것 같습니다. 화살이 빗발치는 전장입니다. 눈먼 화살이라도 맞으신다면……."

"나는 맞아 다치면 안 되고, 병사들은 맞아 다쳐도 된다?"

"그, 그게 아니라… 성주님께선 저흴 지휘하셔야 하질 않습니까. 성주님은 양맥 군민들의 정신적인 지주나 다름 없으시옵니다. 성주님께서 잘못되신다면 군사들은 물론이고 백성들의 사기도 장담할 수가 없습니다."

"걱정하지 마라. 눈먼 화살 따위에 당할 정도로 어수룩하지 않으니."

극천의 걱정을 일축시킨 사현이 고개를 군사들 쪽으로 돌렸다.

"전군! 이대로 양평을 공격한다! 준비는 되었는가!"

"예!"

군사들이 우렁차게 대답했다.

"내가 가장 앞장서서 말을 달릴 것이고, 가장 적이 많은 성벽으로 오를 것이다! 내 뒤에만 바짝 붙어 따라 진군하라! 사다리를 타고 성벽을 올라라!"

"와아아아아!"

"전군!"

사현이 말머리를 양평성 쪽으로 돌리며 장사모를 높이 들었다. 그리고 말의 앞발을 높이 들었다가 고함을 지르며 앞으로 달려갔다.

"돌격하라!"

"와아아아아!"

사현의 앞장선 돌격을 따라, 그 뒤로 고구려군이 우렁찬 함성을 지르며 양평성을 향해 달려들었다. 온몸을 철갑으로 감싼 궁기병들이 말을 달리며 성벽 위로 화살을 쏘아댔고, 그들의 화살을 엄호벽으로 삼아 사현을 비롯한 돌격병들이 성벽에 달라붙었다.

그 와중에 성벽 위에서 어마어마한 화살비가 쏟아졌고, 많은 군사들이 화살에 맞아 쓰러졌다. 철기병들을 제외하면 화살까지 막아줄 정도로 견고한 철갑옷을 입고 있지 못했기 때문이다. 그러나 고구려 군사들은 용감하게 달려들어 가지고 온 사다리를 일제히 성벽에 걸기 시작했다.

"계속 성벽 위로 화살을 쏘아올려라!"

그리고 뒤에서는 일반적인 상식에서 벗어나는 일들이 벌어지고 있었다. 이미 성벽에 도착한 아군이 있는데도 불구하고, 그들의 뒤에서 엄호하는 화살들이 쏟아지고 있었던 것이다.

이 말도 안 되는 상황은 그 엄호 화살들이 전부 궁기병들에게서 쏘아지는 것이었기 때문에 가능했다. 멀리서 쏘아내는 것이 아니라 말을 타고 전장 이곳저곳을 헤집으며 최대한 성벽 가까이까지 접근해 화살을 쏘기 때문에 아군을 맞힐 염려가 적었던 것이다.

"사다리를 올려라! 내가 가장 먼저 오를 것이다!"

성벽 밑에 가장 먼저 도착해 말에서 뛰어내린 사현은 말의 엉덩이를 내리쳐 본진으로 알아서 돌아가게 한 후, 날아오는 화살을 쳐내면서 군사들이 사다리를 성벽에 걸치기만을 기다렸다.

그리고 잠시 후 성벽에 사다리가 걸쳐지자마자 들고 있던 장사모를 성벽 위로 강하게 내던졌다.

부웅! 퍽!

"꺽!"

바람을 가르며 날아간 장사모에 가슴을 적중당한 한나라군이 뒤로 넘어가버렸다. 비명도 제대로 지르지 못하고 죽어버린 동료의 모습에 주위의 군사들이 눈을 부릅떴다.

제대로 등을 붙이고 쓰러지지도 못했다. 장사모의 날이 상체를 뚫고 등 뒤로 삐져나와 있었기 때문이다. 주위의 군사들은 그 괴물과도 같은 힘에 몸을 부르르 떨었다.

그러면서 사현이 있는 부분의 저항이 조금 옅어지자, 사현은 곧바로 사다리를 타고 오르기 시작했다.

마치 다람쥐가 나무를 타고 오르듯 빠르게 성벽 위로 올라가던 사현은 허리춤에서 뽑아든 소도(小刀)를 휘둘러 날아오는 화살을 쳐냈다.

"하압!"

잠깐 사이에 성벽 위에 다다른 사현은 짧은 기합소리와 함께 성벽 위의 한나라군 사이로 뛰어내렸다. 그리고 저 멀리 뒤로 넘어져 눈도 제대로 감지 못하고 있는 한나라군의 시신으로 다가가 장사모를 힘껏 뽑아들었다.

"저… 전귀!"

한나라 군사들 중 하나가 떨리는 목소리로 외쳤다. 그리고 동시에 자신의 애병을 되찾은 사현이 서늘한 눈빛을 한 채로 몸을 돌려 주위를 바라보았다.

"저, 전귀다!"

"맥성의 전귀!"

"전귀의 장사모다!"

"귀신이 나타났다!"

사현의 주변을 에워싸고 있던 한나라 군사들의 얼굴이 새하얗게 질렸다.

그러자 사현은 잠시 장사모를 붕붕 돌리며 몸을 풀다가 별안간 한나라 군사들의 사이로 뛰어들었다.

"끄아아악!"

"전귀다! 살고 싶은 자는 도망쳐라!"

모두가 공포에 싸인 비명을 지르며 도망치는 것은 아니었다. 당연히 용감하게 달려드는 군사들도 있었다. 그러나 그들마저 사현이 휘두르는 장사모에 피를 뿌리며 쓰러져 가자, 그의 주변에 남은 군사들은 함부로 덤벼들지 못하고 있었다.

'좋아. 이대로 성벽 위의 군사들을 내 쪽으로 끌어들인다.'

지금만 해도 사현 혼자서 수십 명의 한나라 군사들을 붙잡아두고 있었다.

그 덕택인지 사현이 타고 올라온 사다리를 통해 고구려 군사들이 성벽 위로 안착하고 있었다. 거칠고 용맹한 고구려 군사들은 각자의 무기를 휘두르며 수비하는 한나라 군사들을 베어 넘겼다.

"양평을 함락시켜라! 성벽을 넘으라!"

사현이 목청껏 외쳤다.

그러자 성벽 위로 넘어온 고구려 군사들이 사기충천하여 더욱 거센 기세로 전투를 벌였다.

"막아라! 적들이 더 이상 성벽 위로 올라오지 못하도록 막아라!"

그러나 양평의 장수들도 가만히 있지는 않았다. 특히 고구려군에게 아들을 잃은 태수 경추와 부하들의 대부분을 잃은 양평현령 공손소가 입에 거품을 물 기세로 고구려군을 베어 넘기고 있었다.

"적장을 한쪽으로 몰아라! 머릿수로 밀어붙여라!"

공손소의 지시에 한나라 군사들이 사현을 향해 방어를 배제하고 달려들었다. 그러나 사현은 전혀 문제없다는 듯 장사모를 한번 크게 휘둘러 달려드는 적병들을 동강내 버렸다.

"더! 더 오너라! 더… 와보란 말이다!"

"으악!"

사현이 의기양양하게 외치는 도중, 달려드는 적병 하나를 베어냈다. 그리고 그 순간.

"윽!"

툉!

 사현은 투구를 스쳐가는 화살에 화들짝 놀라며 몸을 뒤로 젖혔다가 다시 세웠다. 사현이 급히 화살이 날아온 곳을 향해 시선을 돌렸다. 그리고 눈을 부릅떴다.

'고, 공손강!'

 분명히 양평을 공격할 때 안에서 내응을 하기로 했던 양평현위 공손강이었다. 그가 다시 한번 화살을 메기며 사현을 노려보고 있었다.

 그 광경을 목격한 사현은 속으로 허탈한 웃음을 지을 수밖에 없었다. 공손강의 눈에 담긴 일말의 자책이 보였기 때문이다. 그렇지 않아도 맞힐 수 있을 터였던 화살이 투구만 스치고 지나간 것이 조금 이상하다고 생각하고 있던 차였다.

 그러나 어찌 되었건 공손강이 자신을 향해 화살을 쏜 것은 분명한 사실이었다. 그리고 곧바로 다음 화살을 메기고 있는 것이 그저 성실히 싸운다는 면을 세우기 위해 연기하고 있는 것으로 보이지는 않았다.

 두번째 화살을 메기는 공손강의 눈빛이 조금 전과는 다르게 결연한 다짐을 담기 시작했다. 마치……

'이 화살에는 자비를 담지 않을 것입니다.'

라고 말하는 듯했다.

'젠장. 배신인가.'

사실 배신이랄 것도 없었다. 애초에 사현과 공손찬 사이에는 배반할 신의가 존재하지 않았으니까.

그러나 그렇다고 하더라도 이미 죽어간 군사들의 목숨까지 담보로 내줘가며 전쟁을 시작했는데, 이렇게 간단하게 뒤통수를 맞아버리니 입맛이 심하게 쓴것은 어찌할 도리가 없었다. 그리고 그때 사현의 뒤를 따라 성벽 위로 올라왔던 부장 하나가 다가와 외쳤다.

"성주님! 생각보다 성 안에 군사가 많습니다! 베도 베도 끝이 없습니다! 일단 퇴각하셔야 할 것 같습니다!"

"퇴각?"

"성벽 위로 올라온 군사들도 많이 상하고 있고, 이미 올라와 있기 때문에 궁수들의 지원도 기대하기가 힘듭니다! 이미 적들에게 많은 피해를 입혔으니, 일단 물러가셨다가 내일 다시 공격하시는 것이 어떻겠습니까! 군사들을 정비해야 합니다!"

사현이 이를 갈며 성벽 아래를 내려다보았다. 지금 사현이 있는 곳을 제외하면 성벽 위로 군사들을 올려놓는 사다리가 보이지 않았다. 그래서인지 한나라군은 현재 사현 주위의 고구려 군사들만을 경계하는 상황이었다.

"젠장! 퇴각한다! 고구려의 군사들은 모두 성벽 아래로 내려가라!"

"퇴각!"

"퇴각이다!"

한참 무기를 휘두르며 한나라군과 전투를 벌이던 고구려 군은 퇴각하라는 명령을 듣기가 무섭게 '퇴각!'을 외치며 성벽 쪽으로 다가섰다. 그리고 일제히 허리춤에 달려 있던 갈고리 밧줄을 꺼내 성벽에 걸었다. 그런 그들을 사현을 비롯한 소수의 군사들이 경계했다.

"낙하하라!"

그 후 부장의 구령이 떨어지자 밧줄을 건 이들이 망설임 없이 성벽 아래로 몸을 던졌고, 그들은 밧줄을 빠르게 풀어가며 약간의 경사가 져 있는 성벽을 타고 내려가기 시작했다.

"아, 아니!"

고구려 군사들의 신기에 가까운 움직임을 본 한나라 군사들이 모두 얼이 빠져버렸다. 그들의 상식으론 일단 성벽 위로 올라온 군사들은 성을 함락시키지 못하는 이상 모두 죽은 것이나 다름없다고 보아야 했다. 내려갈 방법이 없기 때문이다.

그러나 놀랍게도 그들의 눈앞에서 성벽 위에 올라왔던 고구려 군사들이 멀쩡히 성벽 아래로 내려가고 있었다. 그

리고 한나라 군사들이 멍하니 고구려 군사들의 묘기를 감
상하는 동안 아직 내려가지 않고 경계하던 이들이 성벽 아
래로 일제히 몸을 던졌다. 그들은 먼저 내려간 군사들이
풀어놓은 밧줄을 굳게 잡고 수월히 성벽 아래로 내려설 수
있었다.

"이, 이런! 무엇 하는 것이냐! 속히 물러가는 놈들에게
활을 쏘아라! 어서!"

경추가 악을 바락바락 지르며 군사들을 독촉했다.

그러자 한나라 군사들이 그제야 정신을 차리고 활에 화
살을 메겼다. 그리고 그들이 성벽 아래로 고개를 내미는
순간…….

피피피핑!

"으아악!"

"으악!"

성벽 아래에서 궁기병들이 쏘아올린 수많은 화살들이 양
평성 성벽을 덮쳤다.

* * *

한나라군을 충격과 공포로 몰아넣었던 고구려군의 그 짧
은 공격이 있은 후, 더 이상의 공격은 없었다. 밤동안 푹
휴식을 취하게 한 후 다시 공격할 모양이었다. 그 덕택인

지 양평성의 한나라 군사들도 놀란 마음을 달래며 쉴 수 있었다.

"피해 상황을 보고하라."

"예, 태수님. 전투에 참여한 2천의 군사들 중 500여 명이 전사했고, 그 배의 군사들이 부상을 입었습니다. 대부분 전투에 다시 참여할 수 없는 군사들이라 다시 따져보면… 오늘 전투를 한 군사들은 전사한 거나 마찬가지입니다."

쾅!

하도 내리쳐서 이제는 조금씩 흔들거리는 집무실의 책상이 요란한 소리를 냈다.

"빌어먹을 놈들! 악독한 놈들! 괴물 같은 놈들!"

경추의 분통이 또다시 터져 나왔다. 3천도 안 되는 군사들로 이 양평성이라는 큰 성을 대뜸 들이치더니, 수성을 한 군사들의 대부분을 한동안 전투에 참여할 수 없게 만들어버린 후 멀쩡히 도망쳤다.

"군사들의 사기가 문제입니다. 오늘 있었던 전투에서 적장 고사현을 비롯한 고구려 군사들이 성벽 위를 제 집 안방 드나들 듯 해버리는 바람에 수성이 의미가 있는가 하고 의문을 던지는 놈들이 늘어났습니다."

"어떤 놈들이! 어떤 놈들이 그런 소리를 해!"

"……"

"수성을 해도 시원하게 못 이기는 놈들이 성 밖에 나가 평지전을 한다고 이길 수 있을 리 있나! 그리 생각이 없는 놈들이 있단 말이냐!"

"송구합니다."

"됐으니 나가서 내일 있을 전투 준비나 해! 그리고 쓸데 없이 분위기를 흐리는 놈이 있다면 그 자리에서 참해도 좋다!"

"알겠습니다, 태수님."

공손소가 힘차게 대답하며 튀어나갔다. 홀로 남은 경추는 멍하니 앉아 있었다. 생각보다 고구려군의 공성전 능력이 대단했다. 만약 내일도 고구려가 비슷한 위력의 공격을 해온다는 가정하에 양평은 내일 바로 고구려군의 손에 떨어져도 이상하지 않았다.

이 세상에 어떤 공성부대가 성벽을 제 집 안방 드나들 듯 올라갔다 내려갔다 한단 말인가. 만약 자신에게 그런 부대가 있었다면, 경추는 진작 유주 전체를 차지하고 고구려까지 지배해 새로운 제국을 건설했을 것이다. 그만큼 공성을 잘하는 부대는 굉장히 희귀하고도 강력한 위력을 자랑했다. 그런 부대가 내일 해가 밝으면 또다시 공격을 해올 것이다.

"끔찍하군… 성을 공격하지 못하게 해버리고 싶은데, 방법이 없을까."

경추가 조용히 중얼거렸다.

똑똑.

"태수님. 공손도입니다."

"아, 들어오라."

공손도가 경추의 집무실로 들어와 앉았다. 경추가 무슨 일이냐고 묻자 공손도의 입이 열렸다.

"태수님. 오늘 밤, 야습을 하는 것이 어떻겠습니까?"

"야습?"

"예. 저들은 맥성에서 이곳까지 쉴 새 없이 달려왔습니다. 그리고 오전에는 격렬한 전투까지 치렀지요. 많이 지쳐 있을 것입니다."

"지친 것은 우리도 마찬가지다. 오늘 있었던 한번의 전투가 우리 군사들의 기를 모두 꺾어버렸어."

"그러니 그것을 회복시켜야지요. 그리고 우리 군사들은 이곳 양평에서 적들을 기다렸습니다. 그러나 저놈들은 이곳까지 행군해오지 않았습니까. 누적된 피로가 있을 것입니다. 사실 오늘 공격이 있은 후 고구려군은 한번 더 공격할 시간적 여유가 있었습니다. 그런데 왜 공격해오지 않았겠습니까. 전투를 진행할 여력이 되지 않은 것이 아니겠습니까."

"흐음……."

경추의 고민이 깊어졌다. 그러나 깊기는 하되 그다지 길지는 않았다.

　　　　　　　　　　* 　* 　*

　"다들 고생 많았소. 오늘은 막사에서 푹 쉬고, 내일 공격
을 준비합시다."

　"예, 성주님!"

　사현의 해산 명령에 장수들이 각자의 투구와 병장기를
들고 자리에서 일어났다. 그리고 대표로 극천이 군례를 올
린 후 흩어지려 하는데, 사현이 그들의 뒤통수에다 대고
외쳤다.

　"아, 잠깐!"

　"다른 하실·말씀이라도 있으십니까?"

　"아, 부하들에게 경계를 철저히 하라 하시오. 오늘 호되
게 당했으니 그냥 될 대로 되라는 식으로 야습을 해올 수
도 있으니."

　"예, 성주님!"

　"그리고 극 부장은 남게."

　"아, 알겠습니다."

　사현 휘하의 장수들이 우르르 막사 밖으로 나갔다. 그리
고 자리에 남은 극천이 사현에게 다가왔다.

　"성주님, 하명하십시오."

　"…지금 바로 야습에 대한 대비를 시작하게."

"오늘 야습이 있습니까?"

"그건 모르지."

"헌데 굳이 그런 소란을 피울 이유가 없지 않습니까? 지금 병사들은 매우 피로해하고 있습니다."

"소란을 피울 필요는 없네. 다만 대비 정도는 해놓아서 나쁠 것이 없다는 뜻이다."

"…알겠습니다."

"양평성과 가까운 곳에 기병 몇을 대기시키게. 그리고 성문이 열리고 적들이 나오는 것이 판별되는 순간 복귀하라 명령하도록. 또한 오늘 밤 경계에 투입되는 군사들은 내일 공격에서 제외시키도록 하겠다."

"예. 조치하겠습니다."

극천이 고개를 끄덕이며 막사 밖으로 나갔다. 그리고 잠시 후, 십여 기의 기병들이 고구려 군영을 빠져나갔다.

* * *

"태수님, 다녀오겠습니다."

"좋다. 적진을 휘저어버리고 오도록."

"예!"

공손도가 힘차게 외치며 경추에게 군례를 올렸다. 그리고 그런 그를 공손강이 걱정스러운 눈빛으로 바라보고 있었다. 그러자 공손도는 자신의 서장자를 향해 살짝 고개를 끄덕여 보이고는 보무도 당당하게 성문 쪽으로 걸어갔다.

"자, 가자! 성문을 열어라!"

공손도의 명령이 떨어지자 양평성의 성문이 은밀하게 열렸다. 그리고 수백명의 한나라 군사들이 말 한필 없이 걸어서 성 밖으로 출병했다.

"이제부터는 모두 신호로 지시를 전달한다. 아무도 입을 열지 않도록 하라."

"……."

공손도가 작은 목소리로 명령하자 군사들이 일제히 고개를 끄덕였다. 그리고 공손도 그 이후로는 말을 꺼내지 않고 가끔씩 손짓을 하는 걸로 모든 지시를 내렸다.

그러나 그것이 그들의 전진에 불편을 끼치지는 못했다. 어두운 밤이었지만 달이 밝았기 때문이다. 적들은 먼 길을 왔고, 격렬한 전투마저 치렀으므로 푹 쉬고 있을 것이다. 공손도를 비롯한 특공대는 그렇게 생각하고 있었다.

"반드시 성공한다. 치명적일 수밖에 없는 공격이야. 저들은 피로하다."

그리고 경추를 비롯한 양평성 내의 장수들 역시 같은 생각이었다. 그들은 성의 망루에 서서 조용히 저 멀리 보이는 고구려 군영을 바라보았다. 공손도의 군사들은 은밀성을 위해 말도 타고 가지 않았다.

대신 동행한 군사들 중 일부가 마구간을 점령, 고구려 군마를 탈취해 복귀한다는 계획을 세워놓은 상태였다. 아마 공손도의 군사들이 접근하는 것을 알아채기가 쉽지는 않을 것이다.

"만약 불길이 생각보다 크게 치솟는다면 우리도 성문을 열고 나가 선제공격을 가할 것이다. 기병대를 준비시키도록."

"알겠습니다, 태수님."

경추의 지시에 성 안에 딱 300명밖에 없는 기마대가 준비되었다. 공격이 시작되면 일단 기병대를 몰고 나갈 예정이었다. 그리고 가까이 접근했다가 공손도의 군사들이 도망쳐 나오면 함께 복귀하고, 그게 아니라 성과가 있을 경우는 뒤따라 난입해 더 큰 피해를 줄 계획.

"양평현령이 가겠나? 어제의 수모를 갚아야지."

"기마대를 맡겨주시면, 반드시 적장 고사현의 목을 베어 오겠습니다!"

공손소가 씩씩한 목소리로 대답했다. 그러자 경추가 고개를 끄덕이며 명령을 내렸다.

"좋다. 그대가 가라. 대신, 상황이 여의치 않으면 반드시 출병했던 군사들과 함께 복귀해야 한다. 무리한 싸움은 불허한다. 알겠나?"

"물론입니다, 태수님."

"만약 일이 잘 풀려 너희들도 군영 안으로 난입하게 된다면, 그때는 우리 양평의 모든 군사들이 성문을 나설 것이다. 그러니 그때까지만 버텨주면 된다."

"알겠습니다!"

군례를 올린 공손소는 자신의 뒤에 서 있던 양평현 장수들과 함께 망루를 내려갔다. 그리고 속속들이 모여들고 있는 기병대를 지휘해 성문 앞에 섰다. 그런 공손소의 뒤를 따르던 공손강이 말했다.

"현령님."

"무슨 일이냐."

"그… 저희 아버님을—"

"하. 내 분명 태수님의 명령을 받았다. 노력할 것이지만 작전 중에 뒤쳐지게 된다면 어쩔 도리가 없는 것은 잘 알고 있으리라 생각한다."

"…알겠습니다."

공손강은 자신의 아버지를 싫어하는 공손소가 무슨 짓을 벌일까 싶어 전전긍긍하고 있었다. 아무리 공손찬과 내통해 있는 상태라 하더라도 일단 아버지를 잃을 수는 없는 노릇이었다. 그러려면 공손소의 도움이 반드시 필요했다.

그러나 공손소는 한미한 집안 출신인 공손도의 가솔들을 걸핏하면 무시하기 일쑤였고, 그런 주제에 뒷배를 좀 잘 타서 기주의 자사까지 해먹은 그를 극도로 혐오하고 있

214

었다. 그래서 그의 아들인 공손강을 강제로 자신의 밑으로 징집해 부려먹으며 수모를 주었던 것이다.

그런 그가 태수의 명령을 받았다고는 하나 그를 제대로 지킬 거라는 확신이 서질 않았다. 그래서 공손강은 은밀히 자신의 부장에게 귀엣말을 전했다.

"나는 현령을 뒤따라야 한다. 해서 시간이 없을 듯하니, 네가 휘하의 기병 다섯과 함께 아버님을 우선적으로 찾도록 하라. 다른 군사들이 다 죽건 말건 상관없다. 아버님만 잘 모시면 된다. 알겠느냐?"

"예, 현위님."

공손강이 입술을 꽉 깨물며 반쯤 열린 성문을 통해 보이는 고구려군의 군영을 바라보았다.

"혀, 현위님!"

"아……."

이윽고 고구려군의 군영에서 시뻘건 화염이 솟아올랐다. 그러자 곧바로 공손소의 명령이 떨어졌다.

"자, 출병하라!"

* * *

같은 시각, 고구려군의 군영.

챙! 챙챙!

우지끈!

금속음들이 여기저기서 울려퍼졌고, 입구 부근에 세워 두었던 목책들이 힘없이 무너져 내렸다. 그리고 그 틈으로 무기를 든 한나라 군사들이 물밀듯 몰려들어왔다.

"공격하라! 감히 제국에게 칼을 들이댄 오랑캐들에게 본때를 보여주어라!"

"와아아아!"

공손도가 자신을 막아서는 고구려군 보초를 힘껏 베어내고 외쳤다. 작전의 완벽한 성공. 저들은 야습을 전혀 예상하지 못했다.

"막사에 불을 지르고 뛰쳐나오는 적들을 모조리 주살하라! 그리고 부장은 맡은 대로 마구간으로 가라!"

"알겠습니다! 가자!"

몇몇 군사들이 막아섰으나 수백명이나 되는 특공대를 막기엔 역부족이었다. 공손도의 군사들은 군영 안 여기저기에 걸려 있던 횃불을 집어 막사에 불을 지르기 시작했다. 그리고 입구 부근에 있던 막사들을 지나쳐 군영의 한복판으로 진입했다.

챙챙!

"합!"

"으악!"

공손도가 용맹하게 휘두른 장검에 고구려 군사가 피를

뿌리며 쓰러졌다. 그 뒤로 달려드는 대여섯 명의 군사를 역시나 어렵지 않게 베어낸 공손도가 눈을 빛냈다.

'이거… 여기서 전쟁을 끝내버릴 수도 있다. 그러나……'

그렇지만 자신이 데리고 온 군사가 너무 적었다. 비록 야습을 통해 혼란에 빠지긴 했으나 그래도 고구려군은 1만이 넘는 대군이다. 고작 2백이 조금 넘는 자신의 군사들로 끝까지 싸우기에는 조금 무리가 있는 것이 사실이었다. 그래서 아쉽지만 어느 정도 더 재미를 본 후 후퇴해야 할 것 같았다.

"보이는 적은 모조리 베어라! 적은 이미 전의를 상실했다!"

공손도가 연신 검을 휘두르며 앞장서서 전진해나갔다. 그리고 그 뒤를 용감한 특공대들이 뒤따랐다. 그들의 수는 적었지만, 그 기세만큼은 너무도 위풍당당해서 마치 들판을 달려 먹이를 쫓는 맹수 같았다.

"지난날의 패배를 설욕하라! 모조리 학살하라! 닥치는 대로 불 지르고 닥치는 대로 베어라!"

공손도가 입가에 환한 미소를 지으며 외쳤다. 이미 전투는 끝을 향해 달려가고 있었다. 어차피 이 이상 이곳에 남아 있어봐야 점차 전열을 가다듬어 반격해올 고구려군에게 당할 뿐이었다.

공손도는 잠시 고개를 돌려 말을 탈취하기 위해 부장이 달려간 마구간 쪽을 바라보았다. 그러나 왔어도 진작 왔어야 할 마구간의 말들이 단 한필도 보이질 않았다. 살짝 불안한 마음이 든 공손도가 옆에서 싸우고 있던 다른 부장 하나를 붙잡고 말했다.

"네가 마구간으로 가보아라! 만약 시부장이 싸우고 있으면 도와서 말을 탈취해오도록 하라!"

"예, 장군!"

명령을 받은 부장이 대여섯명의 군사들을 데리고 뒤쪽으로 빠졌다. 그리고 공손도는 다시 한번 검을 치켜들고 주변을 둘러보았다. 이제 고구려군도 전열이 정비되었는지, 군영의 이곳저곳에서 무장을 제대로 차려입은 군사들이 모습을 보이기 시작했다.

"이런… 빨리 말이 와줘야 할 텐데."

이렇게 성과를 올려봤자 제때 물러나지 못하면 의미가 없었다. 많은 피해를 준 것 같지만 애초에 싸워오기보다는 군영 깊숙이 도망쳐버리는 이들이 많았기 때문에 직접 벤 수는 얼마 되지 않았다.

그리고 막사에 불들을 지르기는 했지만 그 막사들이 식량을 보관하고 있다거나 한것이 아니라 그저 군사들이 자는 막사들에 지른 것이었기 때문에 보급면에서의 손해도 끼치지 못한 상태였다.

이런 상황에서 말없이 그냥 후퇴하게 된다면 고구려의 기마대에 순식간에 뒤를 잡혀 전멸하고 말 것이다. 애초에 특공대 혹은 결사대라는 임무를 띠고 온 만큼 성에서의 지원도 기대하기 힘들었다.

"전 병력! 이대로 마구간으로 간다! 말을 탈취해 이곳을 벗어난다! 나를 따르라!"

공손도가 우렁차게 외치고 몸을 돌렸다. 그런데 그 순간.

피피핑!

주변에서 달려들던 고구려 군사들이 양평성 방향에서 날아온 화살들에 맞고 쓰러지기 시작했다.

"아, 아니?"

공손도의 한나라 군사들도 놀라서 잠시 그 행동을 멈출 정도로 갑작스러운 공격이었다. 맹렬히 싸우던 한나라와 고구려의 군사들이 순간적으로 화살이 날아온 방향을 쳐다보았다. 그리고 그곳에서는……

"공격하라! 고구려군을 섬멸하라!"

공손소가 이끄는 300의 기마대가 맹렬한 기세로 달려오고 있었다.

* * *

"어찌 된 것 같은가?"

양평성의 망루에서 상황을 관전하던 경추가 주변의 장수들에게 물었다. 그러자 신창현령 악주가 대답했다.

"저기 공손 현령의 군사 하나가 달려오고 있습니다. 저자에게 물으면 될 듯합니다."

"그리하라."

멀찍이서 달려온 기병이 성문 앞에 도착해 우렁차게 외쳤다.

"태수께 아룁니다! 현재 공손 현령께서 이끄는 기병대가 적진으로 공격을 시작했사옵니다! 상황이 좋으니, 즉시 지원을 요청하라 하셨습니다!"

"오오오!"

경추가 주먹을 불끈 쥐었다.

"전군, 출병을 준비하라! 오만하게 이 요동을 노리는 저 오랑캐들을 깡그리 저 태자하에 밀어 넣어버릴 것이다!"

"예, 태수님!"

* * *

그리고 같은 시각.

"성주님, 양평성의 문이 열렸습니다. 대군이 빠져나오는 듯합니다."

"그 수는?"

"적어도 3천은 넘습니다. 곧장 이리로 달려오는 중입니다."

"…그럼 슬슬 움직여볼까."

씨익 웃으며 읊조리듯 말한 사현이 대기하고 있던 말에 올라 안장에 꽂혀 있던 장사모를 빼들고 붕붕 돌렸다. 그리곤 뒤를 돌아보며 외쳤다.

"자아! 가자!"

* * *

"아니! 공손 현령이 아니십니까!"

"흥! 이제부터는 내 지시에 따르도록! 아마 태수님께서도 뒤따라 출병하셨을 것이다!"

공손도가 반갑다는 듯 외쳤으나 공손소는 콧방귀를 뀌며 차갑게 명령을 내릴 뿐이었다. 그래놓고 휙 지나가버리는 공손소의 모습에 공손도가 쓴웃음을 지었다. 그리고 그때, 멍하니 서 있던 공손도에게 부장 하나가 다가왔다.

"장군, 무사하셨습니까!"

"…강이의 부장이 아닌가."

"그렇습니다. 장군의 신변을 안전하게 보호하라는 현위님의 명령을 받았사옵니다."

"하. 나이도 한참 어린 데다 직급도 낮은 놈에게 대놓고 무시당하는 아비가 무엇이 예뻐서 그런 명령을 내린단 말이냐."

경추의 휘하에서 공손도는 나름 단단한 위치를 가지고 있었다.

정식 작위만 없을 뿐이지 과거 주자사까지 지냈던 몸인 만큼, 고작 현령의 직위를 가진 공손소가 저렇게 하대를 하며 무시할 수준의 위치가 아닌 것이다.

그러나 한미한 가문 출신인 공손도는 나름 이 유주 지방에서 한가락 하는 가문의 공손소에게 무례를 따질 만한 기반이 없었다.

"어찌하시겠습니까? 뒤에서 태수님의 군사가 출발한다는 것은 틀림없는 사실입니다."

그러나 그건 공손도와 공손소 사이의 개인적인 문제일 뿐, 지금 이 상황에서 가장 중요한 것은 이 전투에서 승리하는 것이었다.

"강이는 어디 있느냐?"

"현위님은 아마 현령님의 뒤를 따라 적진으로 돌격하셨을 것입니다. 저희는 현위님의 명령에 따라 이곳에 남은 것입니다."

"…후우. 일단 이곳에 남아 허우적대는 적병들부터 처리하도록 하지. 전군, 전열을 가다듬어라! 너희들도 날 따르거라. 강이의 명령을 지켜야 할것 아니냐."

"예, 장군!"

공손강의 부장에게 농담기 섞인 명령을 내린 공손도가 힘찬 발걸음으로 앞장섰다. 그러나 그런 그의 발걸음은 단 두어걸음 만에 우뚝 멈추어 섰다.

"아, 아니?"

무언가를 발견한 공손도의 눈이 바들바들 떨리고 있었다.

"왜 그러십니까, 장군?"

공손강의 부장이 다가와 물었다. 그러자 공손도가 떨리는 손을 들어 앞을 가리켰다. 그리고 그런 공손도의 손을 따라 앞을 바라본 부장이 눈을 휘둥그레 떴다.

"이, 이럴 수가!"

온몸에서 힘이 쭉 빠지는지 장검을 들고 있던 손을 축 내려버린 부장이 입을 떡 벌렸다.

두두두두두…….

천지를 울릴 듯한 말발굽 소리가 공손도를 비롯한 야습 특공대의 귀를 마구 때려대고 있었다.

"이미… 이미 알고 있었던가."

"장군, 장군! 이대로 여기 계시면 죽습니다! 피하셔야 합니다!"

그들의 눈에 들어온 것은 바로 온몸을 철갑으로 무장한 채 말을 달려오고 있는 고구려 기병대였다. 맞서 싸울 때마다 한나라군에게 충격과 공포를 안겨주었던 그 고구려 기병대. 온몸에 철갑을 둘러 웬만한 화살 공격도 먹히지 않아 돌격을 막을 수가 없는 부대.

저 무지막지한 부대의 돌파력은 일개 보병대가 감당해낼 수 있는 것이 아니었다. 공손도는 지금 당장이라도 자리를 떠야 함에도 불구하고 부들부들 떨리는 몸을 가누지 못하고 있었다.

"장군! 위험합니다! 피하십시오!"

그러자 부장이 이를 악물고 공손도를 강하게 밀쳐내며 함께 땅바닥을 뒹굴었다. 그리고 바로 다음 순간, 수많은 말발굽들이 그들의 옆을 지나갔다. 그런데 부장의 품에 안긴 채 멍하니 있던 공손도가 갑자기 벌떡 일어나 고구려군의 뒤를 따라 움직였다.

"장군! 그곳은!"

"강이! 강이가 저쪽에 있다! 강이를 데려와야 한다!"

* * *

"모두 베어라! 그리고 군량 창고를 찾아라! 남김없이 불태워버릴 것이다!"

공손소가 창으로 고구려 군사 하나를 찔러죽이며 외쳤다. 그리고 그 말에 힘을 얻었는지 한나라 군사들이 용기

백배하여 주변을 정리해나가기 시작했다.

기병의 힘이 약한 한나라군이긴 했지만, 그래도 이런 평지에서 기습전의 양상을 띠게 되니 나름 그 위력을 발휘하고 있었다.

땅에서 무기를 들고 저항하는 보병들을 공격하는 식이다보니, 유리한 위치를 점할 수 있었던 것이다.

"으하하하하! 대성공이다! 대승이다!"

공손소가 대소하며 흡족한 눈빛으로 주변을 바라보았다. 그런데 그때 부장 하나가 다가와 말을 걸었다.

"현령님, 뭔가 이상합니다!"

"이상하다니?"

공손소는 하늘에 닿을 것만 같았던 자신의 기분을 망가뜨려버린 부장에게 인상을 확 찌푸렸다. 사나운 눈초리에 움찔했으나, 그래도 부장은 자신의 본분을 충실히 수행했다.

"그, 그것이. 막사에서 튀어나오는 놈들을 베고는 있사온데……."

"그런데 그것이 뭐 어떻단 말이냐? 저기 저 우왕좌왕하는 꼴을 보란 말이다! 무엇이 문제란 거야!"

"고구려 놈들은 분명 1만이 넘는 대병입니다. 그런데 반격을 해오는 놈들의 수가 너무 적지 않습니까? 이 난리가 났는데 아직도 자고 있을 리가 없습니다!"

"……."

부장의 말에 공손소가 찌푸린 인상을 더욱 험하게 일그
러트리면서도 주변으로 시선을 슬쩍 돌렸다. 그 말을 듣고
보니, 확실히 1만이라는 대병력의 수에 걸맞지 않게 저항
이 미미했다.

게다가 공성전을 할 때 보여주었던 고구려군의 용맹이라
면, 아마 이렇게 시시한 전투는 전개되지 않았을 것이 분
명했다.

"현령님, 지금이라도 조금 더 신중하게 행동하는 것이
어떻겠습니까? 이미 적들에게 큰 피해를 주었습니다. 그
러니 이만 물러갔다가……."

"헛소리! 태수님께서 군사들을 이끌고 성을 나서셨을 수
도 있는 일이다. 만약 놈들에게 무슨 꿍꿍이가 있다고 해
도 돌이킬 수가 없어! 우린 이미 깊숙이 들어와 있어. 물러
설 수는 없다. 알았느냐!"

"예, 현령님!"

부장이 결연한 눈빛으로 우렁차게 외치곤 다시 검을 휘
두르며 어디론가 달려갔다. 그리고 공손소 역시 검을 고쳐
쥐고 입술을 꽉 깨물었다. 그리곤 목청껏 외치며 뒤를 돌
았다.

"그래. 뭐든 오너라. 계략이든 뭐든, 아무거나 와라! 이
공손소가 한 칼—"

부우웅!

"—에 베어……."

푸욱!

"끄어억!"

어느 순간 그의 눈앞에 들어온 거대한 날붙이가 정확히 그의 가슴 한가운데를 꿰뚫었다. 짧은 비명을 내지른 공손소는 그대로 피를 토하며 뒤로 넘어가버렸고, 그 후 그는 움직이지 못했다.

그리고 얼마 지나지 않아 공손소와 함께 군영 안으로 진입했던 한나라군의 비명소리가 울려퍼지기 시작했다.

"고구려군이다!"

"고구려 기병이다!"

"함정이다!"

"당황하지 마라! 곧 성에서 태수님의 원군이 당도할 것이다! 전열을 갖춰라!"

"으아아! 도망쳐!"

"정신 차려라! 겁내지 마라!"

공손소의 부장들이 어떻게든 전황을 반전시키기 위해 노력해봤지만, 이미 천지를 울리며 들려오는 말발굽 소리에 겁을 단단히 먹어버린 군사들의 마음은 되돌릴 수 없었다. 그리고 그렇게 한나라군이 전의를 상실하고 멍하니 있을 때, 그들의 눈에 지옥과도 같은 광경이 펼쳐지기 시작했다.

두두두두두!

"으으으으!"

"우린 다 죽을 거야!"

"살려줘!"

한나라 군사들은 공포에 빠져 허우적대고 있었고, 그러는 사이에 무시무시한 기세로 달려오던 고구려 철기병들이 순식간에 그들의 앞으로 들이닥쳤다.

그리고 학살이 시작되었다.

＊　＊　＊

"이자가 양평현령 공손소였던가?"

가장 앞에서 말을 달려 들어온 사현이 접근하는 과정에서 날려 보냈던 사모를 뽑아들었다.

갑주를 화려하게 입었기에 냅다 던졌는데, 생각보다 거물을 낚은 모양이었다.

사현은 별다른 미련 없이 말을 몰아 달려드는 한나라군을 향해 사모를 휘둘렀다.

"으악!"

사현의 사모에 맞은 한나라군 하나가 비명을 지르며 땅으로 쓰러졌다. 그때 사현의 옆으로 온몸을 갑주로 감싼 극천이 다가와 말했다.

"성주님. 군영으로 양평성의 군사들이 대대적으로 다가오고 있습니다."

"대대적으로? 얼마나?"

"긁어서 나온 것 같습니다. 꽤 많습니다."

"흠. 기병인가?"

"아닙니다. 보병이 대부분입니다. 군영을 향해 곧장 달려오고 있습니다."

"……."

사현이 잠시 고민에 빠졌다. 그러나 그 고민은 오래가지 않았고, 곧 극천에게 명령을 내렸다.

"극 부장은 지금 바로 군영 안을 어지럽히는 적들을 정리하도록 하라. 내가 기병들을 이끌고 놈들을 맞상대하겠다."

"성주님. 기병대라고 하시면 철기병만을 말씀하시는 겁니까?"

"굳이 더 쓸 필요가 있을까?"

"그럴 리 있겠습니까. 전 군영 안이나 깨끗이 정리해두도록 하겠습니다."

"완벽하다."

사현은 고개를 끄덕여 만족을 표한 후 말머리를 돌렸다.

"철기병은 성주님을 따르라! 나머지는 나와 함께 군영을 정리한다!"

우렁찬 대답소리가 들렸고, 사현은 천천히 말을 몰아 군영 밖으로 향했다. 그리고 그런 사현의 뒤를 철기병들이 따랐다.

철기병의 대열은 사현을 따라 군영 밖으로 나가는 동안에 저절로 갖추어졌고, 속도도 서서히 올라갔다. 그리고 그들이 군영의 출구에 다다랐을 때쯤 먼발치서 한나라의 대군이 시야에 들어왔다.

한눈에 보아도 5백명 남짓한 철기병들보다 몇 배나 많은 수였다. 그러나 그들의 속도는 전혀 느려지지 않았다. 그리고 그들의 가장 앞에 장사모를 높이 들어올리고 있는 사현이 있었다.

"전구우운! 눈앞의 약골들을 향해, 돌격하라!"

"와아아아아!"

사현이 타고 있는 말이 갑자기 폭발적으로 속도를 올리며 앞으로 튀어나갔다. 그리고 그 뒤를 따라 기병들이 고함을 지르며 달려들었다.

"와아아아아!"

사현이 한나라군의 선두와 부딪힐 때쯤, 철기병대는 맨 앞의 사현을 꼭짓점으로 하는 하나의 삼각형을 만들어내고 있었다. 마치 날카로운 화살촉이 솜이불을 파고들어가는 형태였다.

그리고 곧바로 다음 순간, 사현의 장사모가 앞으로 달려
든 기병 둘을 말 위에서 공중으로 날려버렸다.

부웅!

"으악!"

"끄억!"

그럼과 동시에 철기병들과 한나라군이 거센 기세로 맞부
딪혔다.

중간쯤 섞여서 공격해 들어가던 경추는 목이 터져라 외
치고 있었다.

"적은 얼마 되지 않는다! 군영 안의 혼란을 잠재우기 위
해 미끼를 던진 것이다! 기죽지 마라! 단번에 밀어붙여
라!"

그러나 전황은 경추가 원하는 대로 흘러가지 않고 있었
다.

"으아악!"

"커억!"

"아아아악!"

"살려줘!"

5백여 명의 철기병들은 마치 천리마가 평지를 달리듯 너
무나도 편안하게 한나라군 사이를 달리고 있었다. 삼각형
의 진형은 전혀 흔들리지 않았다.

바깥쪽에서 무기를 휘두르던 기병들의 팔이 후들거리기

시작하면 그 즉시 안쪽의 병사들과 교대하고, 눈먼 무기에 맞아 말 아래로 떨어지는 병사가 있으면 곧바로 그 자리가 메워졌다.

특히 압권인 것은 맨 앞의 사현이었다. 좌우로 휘둘러지는 장사모가 시도 때도 없이 한나라 군사들의 피를 뿌리고 있었다.

"도망쳐라! 살고 싶으면 도망쳐라!"

"괴물들이다!"

그 어마어마한 돌파력에 전체적으로 공포에 질려버린 한나라군은 서서히 전열이 무너져가고 있었다. 그리고 그런 기미를 눈치챈 사현이 우렁차게 외쳤다.

"공격하라! 적들은 이미 전의를 상실했다! 놈들에게 고구려의 힘을 똑똑히 보여주어라!"

두두두두두!

별다른 호응은 들리지 않았다. 그러나 기병들은 말에 더욱 박차를 가하며 그 기세를 더해갔다. 그들의 무기가 휘둘러질 때마다 한나라군이 비명을 지르며 쓰러졌으며, 말들이 거친 말발굽을 내딛을 때마다 휘청거리던 한나라군의 머리가 깨졌다.

그야말로 학살의 현장이 벌어지고 있었다. 그리고 그 상황에서도 진형을 유지하기 위한 고구려 기병들의 쉴 새 없는 자리 이동도 진행되고 있었다.

"선회!"

어느새 한나라 군사들의 대열을 반으로 쭉 갈라버린 철기병들이 사현의 명령과 유도에 따라 빙 돌았다. 그리고 다시 사현을 필두로 대열을 정리했다.

"자아! 다시 가자!"

두두두두두!

그들은 지치지도 않는지, 그 격렬한 돌파를 해내고 난 이후에 다시 한번 한나라군을 향해 달려들었다. 그리고 그 무지막지한 공격을 받아냈던 한나라군은 돌격해오는 고구려 기병대를 질린 눈으로 바라보고만 있었다.

* * *

그렇게 5백여명의 고구려 기병들에게 4천 가량의 군사들이 처참할 정도로 유린당하는 동안, 그 광경을 옆의 수풀에 숨어 지켜보고 있는 이들이 있었다.

"어, 어떻게 저럴 수가……."

"어디서 저런 괴물들이 나왔단 말입니까! 어찌 몇 배나 되는 대군을 저리 무참하게……."

바로 고구려군의 군영에서 구사일생으로 빠져나온 공손도, 공손강과 그 몇 안 되는 수하들이었다.

들키지 않기 위해 길도 없는 곳을 통해 양평성으로 돌아가던 그들은 갑자기 벌어진 고구려 기병들과 경추의 한나라군의 전투를 목격하게 되었다. 그리고 고구려 기병들의 압도적인 위력에 벌려진 입을 다물지 못하고 있었다.

"저게… 말로만 듣던 고구려 철기병의 진정한 위력인가."

"처음 보십니까?"

"본 적이야 많지. 그러나 이런 평지에서 저들이 진짜 힘을 발휘하는 것은 본 적이 없다."

"……."

공손도가 말을 이었다.

"전신은 물론이고 말에까지 갑주를 두른 철기병대. 다른 건 모르겠으나 돌파력 하나만큼은 따라올 부대가 없다고들 하지. 그런데… 저 부대는 어찌 된 영문인지 한번 돌파를 한 후 다시 전열을 재정비하는 것까지 물 흐르듯 진행되는구나. 저런 부대라면 정말… 어마어마한 위력을 발휘하겠어."

"…적장의 능력도 뛰어난 것 같습니다."

"맥성의 전귀, 고사현이지 않느냐. 전귀라는 별칭이 괜히 붙은 것은 아닐 것이다."

"……."

"어쩌다 저런 괴물이 고구려에 났는지… 안타까울 따름이구나."

공손도의 탄식이 조용히 공손강의 귓가에 맴돌았다.

　철갑을 두른 공포의 철기병대 개마기병(鎧馬騎兵). 나타나기만 하면 전쟁터를 휩쓸고 다니는 사현의 돌격대를 지칭하는 이름이었다.

뜻밖의 방해

전투는 고구려군의 일방적인 승리로 끝났다. 심각한 부상을 입은 채 간신히 고구려 군영을 벗어난 요동태수 경추는 그 주위를 배회하던 공손도에게 구출되었고, 양평현령 공손소는 사현의 장사모에 단 한합으로 심장을 꿰뚫리고 말았다.

야습을 위해 출전했던 양평성의 5천여 군사는 수백의 포로를 남기고 전멸했다. 양평성으로 돌아온 공손도의 주도하에 방어태세를 갖추기는 했으나 성 안 군사들의 사기는 땅으로 곤두박질치다 못해 파고들어갈 수준이었다.

"남은 군사는 얼마나 되느냐?"

"2천이 채 되지 않습니다, 아버님."

"후우… 곧 공격해올 것인데……."

"……."

태수 경추는 지금 태수전에서 온몸에 피 칠갑을 한 채 누워 있었으므로 어쩔 수 없이 공손도가 태수 대행을 하고 있었다. 뜻밖에 큰 소임을 맡게 된 아버지를 공손강이 착잡한 얼굴로 바라보았다.

자신은 지금쯤 양평을 향해 다가오고 있을 공손찬과 내통하여 이 성을 넘겨줄 생각을 하고 있는데, 존경하는 아버지는 어떻게든 이 성을 지키기 위해 노력하고 있지 않은가.

"강아. 일단은 할 수 있는 것부터 하자꾸나. 수성을 해야하니 공방에 일러 화살 제작에 집중하라 해라. 전투까지 시간이 얼마 남지는 않았다만, 화살 하나라도 더 만들어서 궁병들에게 지급하라 일러라."

"…알겠습니다."

공손도는 지시를 내린 후 다시 주변 지형도를 살피며 수성전을 효과적으로 펼칠 계책을 생각해내려 고심하고 있었다.

'죄송합니다, 아버지. 아버지의 그 훌륭하고 높으신 뜻을 받들지 못하는 이 못난 아들을 용서하지 말아주십시오.'

공손강은 자책하며 방을 나섰다. 그리고 곧바로 말을 몰아 양평성 밖으로 나가버렸다.

* * *

날이 밝아왔다. 전날 격렬한 전투를 치렀지만, 한나라 주력부대를 격멸시켰기 때문인지 고구려 군사들의 사기는 드높았다.

"들으라."

사현은 모든 군사들을 군영 한가운데에 모아놓고 일장연설을 펼쳤다.

"전날 너무도 잘 싸워주었다. 본 성주는 그대들이 너무도 자랑스럽다! 허나 아직 우리에게는 저 양평을 넘어 이곳 요동을 장악해야 할 임무가 아직 남아 있다! 어제의 승리로 자만하지 말라! 성벽을 넘고, 저 성의 망루에 삼족오 깃발을 꽂는 순간, 그 순간이 되어서야 우리는 승리의 함성을 지르고 소와 돼지를 잡아 잔치를 벌일 수 있을 것이다! 알겠는가!"

쿠우웅!

고구려 군사들에게서는 함성 소리도, 대답 소리도 들려오지 않았다. 오직 힘껏 땅을 구르는 소리가 지천을 울릴 뿐이었다.

"오늘도 내가 앞장을 설 것이고, 내가 가장 먼저 성벽 위

로 올라갈 것이다! 화살을 맞아도 내가 가장 먼저 맞을 것
이니, 겁내지 말고 따르라!"

쿠우웅!

또다시 땅이 흔들릴 정도의 호응이 있었다. 그리고 사현
은 그대로 사열대에서 내려와 말에 올라탄 후, 곧장 양평
성을 향해 몰았다. 그 뒤를 고구려군이 따랐다.

"전군! 공격하라!"

"와아아아아!"

양평성 성문 앞에서 사현이 우렁찬 소리로 외쳤고, 고구
려군은 고함을 지르며 앞으로 달려나갔다. 역시나 사현이
가장 앞에서 말을 달리고 있었다.

"쏘아라! 화살을 쏘아라! 적들이 성벽에 접근하지 못하
도록 막아라!"

공손도가 명령을 내리자 성벽 위에 있던 한나라 군사들
이 일제히 화살을 날렸다. 수많은 화살에 달리던 도중 쓰
러지는 고구려 군사들이 속출했다.

그러나 그 희생을 바탕으로 고구려군은 금방 성벽 아래
에 도착할 수 있었다.

"사다리를 올려라! 성벽을 올라라!"

말에서 내려 고함을 지른 사현은 사다리를 걸라고 명령
을 내렸고, 그의 지휘에 따라 군사들이 사다리를 성벽에
걸자 사현은 가장 먼저 오르기 시작했다.

"막아라! 오르지 못하게 돌을 던지고 화살을 날려라!"

경추의 동생 경부가 성벽을 오르는 사현을 발견하고 그를 가리키며 명령을 내렸다. 그리고 곧 사현을 향해 수많은 화살들이 쏟아지기 시작했다.

"서, 성주님! 엄호하라, 엄호하라! 성벽을 오르는 군사들을 엄호하라! 궁수, 발사!"

그 집중 공격을 목격한 극천이 커다랗게 소리를 질렀다. 그러자 고구려군 측에서도 성벽 위로 화살들이 날아갔다. 사거리 길기로 유명한 맥궁(貊弓)은 성벽을 오르는 아군을 넘어 화살을 날려대는 한나라 궁병들을 공격하기에 충분한 위력을 가지고 있었다.

그러나 그렇다고 해서 사현에게 날아가는 화살의 수가 그리 많이 줄어든 것은 아니었다. 여전히 사현은 사각 없는 사다리 위를 위태로운 모습으로 오르고 있었다.

피피핑!

사방에서 쏘아대는 한나라군의 화살이 사현을 향해 날아갔다. 그리고 사현은 도저히 피해낼 방법이 없는 것처럼 보였다.

"성주니이이임!"

극천이 절망에 가득 찬 비명을 질렀다. 그런데.

"흥."

휘릭!

사현의 몸이 날카로운 바람소리와 함께 사다리 위에서 사라져버렸다.

"뭐, 뭐지?"

"적장이 사라졌다!"

"성벽 아래로 떨어졌나?"

"아니다! 저기다! 아직도 오르고 있다!"

워낙 개방된 공간이어서 그런지 사현이 어디로 갔는지는 금방 밝혀졌다. 놀랍게도 사현은 자신의 장사모와 새로 뽑아든 검을 성벽에 박고 매달리며 화살을 피해낸 것이었다. 그리고 장사모만 뽑아낸 후 성벽에 박은 검을 밟고 뛰어올라 다시 사다리 위로 안착했다.

"다시 오른다! 화살을 쏴라! 어서!"

경부의 급한 명령에 군사들이 부랴부랴 화살을 다시 메겼으나 사현은 이미 성벽 위까지 거의 다다른 상태였다. 그리고 바로 다음 순간, 사현의 입꼬리가 올라갔다.

"한번, 놀아보자."

임충으로 살던 시절, 단신으로 적진에 뛰어들어 일장청 호삼랑을 생포할 때 내뱉었던 말이었다. 진정으로 전투를 즐겼으며, 반드시 이겼던 표자두 임충의 미소가 다시 피어오르고 있었다.

"으, 으으으으……."

짙은 미소를 지으며 장사모를 들고 성벽에 안착한 사현

의 무시무시한 기세에 가장 앞에 서 있던 경부가 질린 표
정을 지으며 한발짝 뒤로 물러섰다. 그러자 사현이 몸을
일으켜 앞으로 다가서며 말했다.

"적을 앞에 두고 물러선다는 것은 이미 패했다는 것이
지."

"으아아아……."

무슨 말인지 알아들을 수는 없었을 것이다. 그러나 낮게
으르렁거리는 사현의 목소리에 경부는 다리에서 힘이 풀
렸는지 바닥에 털썩 주저앉았다.

"그리고 전장에 무기를 들고 나선 전사라면… 그 수치를
알아야 한다, 적장."

말을 마친 사현은 망설임 없이 장사모를 휘둘렀다. 그리
고 진한 핏줄기와 함께 여전히 공포에 젖은 눈빛을 한 군
사의 수급이 공중으로 떠올랐다. 그런 사현의 뒤로 어느새
성벽을 오른 극천이 다가왔다.

"아랫사람들 좀 놀라게 하지 말아주십시오. 정말로 제일
앞에서 오르면 우린 어쩌란 말입니까?"

"내가 죽을 줄 알았나?"

"그건 아니지만… 어쨌든, 올라올 만큼은 올라온 것 같
습니다만. 어찌할까요?"

사현이 슬쩍 주위를 돌아보았다. 수십의 군사들이 성벽
을 올라 자신의 옆에 도열해 있었고, 한나라 군사들은 잔

뚝 긴장한 얼굴로 포위망을 형성하고 있었다. 그러자 사현이 심드렁한 표정을 지으며 말했다.

"어찌하긴 뭘 어찌해? 전부 죽이고 성을 차지하는 거지."

"그렇긴 합니다. 모두 공격하라! 성을 점령한다!"

"이야아아아!"

"막아라!"

성벽 위에서 또다시 격렬한 전투가 벌어졌다.

* * *

1각(15분)쯤 지났을까, 전투는 거의 막바지에 다다르고 있었다. 성문은 아직 열리지 않았으나 성벽 위는 이미 피바다가 되어 있었다.

"거의 다 됐다! 조금만 더 힘을 내라!"

온몸에 피범벅을 한 채 장사모를 휘두르던 사현이 목 놓아 외쳤다. 고구려군은 여전히 성벽을 오르고 있었지만 한나라군은 성벽 위로 지원을 오는 군사들의 수가 현저히 줄어들고 있었다. 전날 전투에서의 피해가 너무 큰 모양이었다.

"극 부장은 어서 성벽 아래로 내려가 성문을 장악하라! 성문을 열고 기병들을 진입시켜라!"

"알겠습니다!"

명령을 받은 극천이 휘하 군사들을 이끌고 성 안으로 내려가는 계단을 향해 달려갔다. 그리고 저항하는 한나라군을 무찌르고 성벽 아래로 내려가려는 찰나.

두웅, 두웅, 두웅, 두웅…….

고구려 군영 쪽에서 우렁찬 북소리가 들려왔다.

"……."

사현의 눈동자가 흔들렸다. 그리고 성벽 아래로 내려가려던 극천도 다시 돌아왔다.

"성주님!"

"퇴, 퇴각 신호를 알리는 북소리가 아닌가. 이 소리가 지금 왜 들리는 것이야?"

"그것은 잘……."

"전장에 있는 내게 저 북을 칠 권한이 있는 자가 본진에 남아 있던가?"

"아닙니다. 그런 장수들은 전부 지금 이 성벽 위에 올라와 있습니다."

"…그럼 본영이 위급하다는 뜻 아닌가!

"그렇다고 이렇게 물러설 수는 없습니다!"

"하. 이런 일이……."

"성주님! 한발짝만 더 나아가면 이 성을 점령하고 우리 고구려의 숙원을 달성할 수가 있습니다! 어떤 경우이건 상관없습니다! 이 성을 함락시키기만 하면 그 어떠한 일에도 대처해나갈 수가 있습니다!"

"후우……."

사현의 입에서 기나긴 한숨이 터져나왔다. 그리고 간절한 눈빛으로 자신을 쳐다보는 극천에게 말했다.

"퇴각을 명하라. 군영으로 돌아간다."

"성주님! 안 됩니다!"

"명령이다. 적의 지원군이 당도했다면 본진을 잃을 수도 있는 일이다. 지난번 전투에서 공손찬의 명령을 듣는다던 공손강이 내게 화살을 쐈다. 공손찬의 군대가 우리 본영을 공격했다면 그야말로 위급한 상황일 것이다. 돌아가야 한다."

"빌어먹을!"

극천이 거칠게 욕지거리를 내뱉으며 여전히 적병과 싸우고 있는 군사들을 향해 달려갔다.

"전군! 퇴각한다! 전력으로 성에서 탈출하라!"

"퇴각! 퇴각이다!"

그리고 역시나 성벽 아래로 수많은 밧줄들이 내려졌다.

두웅, 두웅, 두웅, 두웅…….

퇴각을 알리는 북소리는 계속해서 울려퍼지고 있었다.

* * *

사현이 이끄는 고구려군은 양평성 점령의 목전에서 돌아
서야 했다. 사현과 극천뿐만 아니라, 공격에 나섰던 수천
의 군사들 또한 그에 대한 아쉬움과 갑작스러운 퇴각명령
에 대한 궁금증까지 품은 상태로 본진으로 복귀했다.

"성주님, 적의 지원군은 아닌 듯합니다."

"그런가보군. 아직까지 조용한 것을 보니."

"…도대체 무슨 일이기에 퇴각 신호까지 보낸단 말입니
까. 군영에서도 성을 함락시키기 직전이라는 것 정도는 충
분히 알 텐데."

"세상에 상식이 통하지 않는 자들이 있다는 것 정도는 알
고 있지 않나."

"아무리 그래도 그렇지… 아, 아니?"

말을 이어가려던 극천이 눈을 동그랗게 뜨며 손을 번쩍
들었다. 본진으로 복귀하던 군사들의 행군은 멈춰졌고,
사현 역시 말을 세웠다.

바로 본진 쪽에서 그들을 향해 맹렬히 달려오는 몇 기의
인마 때문이었다. 그리고 점점 가까워지는 그들의 면면을
확인한 사현이 길게 한숨을 내쉬었다.

"후우……."

"성주님, 아는 사람입니까? 누군데 그렇게 한숨을 내쉬
시… 어?"

곧이어 극천도 그들을 알아보았는지 눈을 크게 떴다. 사현은 투구를 벗어 옆구리에 끼며 투덜거렸다.

"저 인간이었구만. 그럼 그럴 만하지."

그러는 사이 그들이 사현 쪽으로 접근해 말의 속도를 줄였다. 그리고 창 한 자루 길이 정도의 거리만을 남겨두었을 때, 그들의 말이 완전히 걸음을 멈췄다. 먼저 말을 건 것은 사현 쪽이었다.

"오랜만에 뵙소이다."

"그렇군요, 맥성주."

"무례하십니다! 성주님께서는 예맥의 패자이시자 태왕 폐하의 친조카이십니다!"

극천이 발끈하여 외쳤다. 그러자 콧수염을 길게 기른 그들의 대표가 거만한 태도로 고개를 치켜들며 말했다.

"난 태왕 폐하의 명령을 받고 왔다. 그리고 네놈이 예맥의 패자이자 태왕 폐하의 친조카라고 말하는 저 맥성주는 이제 곧 내 손에 묶여 국내성으로 압송될 몸이니, 존대를 해준 것만으로도 내 예의를 칭송해야 할 것이다."

"뭐, 뭐라!"

극천이 얼굴을 붉히며 고함을 질렀다. 그러자 사현이 왼손을 살짝 들어 그를 만류하고 입을 열었다.

"압송이라 하셨소?"

"그렇습니다. 지금 당장 무기를 버리고 말에서 내리시

250

오."

"난 고구려의 숙원인 요동정벌을 하는 중이오. 내가 무슨 잘못을 했단 말인가?"

"고구려의 숙원인 요동정벌도 태왕 폐하의 명령이 있어야 할 수 있는 것이외다. 아무런 명령도 없었는데 독단으로 타국과 전쟁을 벌일 수는 없소!"

"난 태왕 폐하의 밀지를 받았소. 하지 못할 이유가 없단 말이외다."

"흥! 이것이나 읽고 말씀하시오!"

사내가 품에서 곱게 접은 비단을 꺼내 옆의 군사에게 넘겼다. 흔히 태왕의 명령서로 사용되는 것이었다. 그 군사는 앞으로 나서서 극천에게 비단을 전해주었다. 사현은 극천을 통해 비단을 넘겨받고 펼쳐서 읽었다. 그리고 잠시 후, 사현의 눈동자가 부르르 떨렸다.

"서, 성주님, 무슨 일이십니까? 무슨 내용입니까?"

"…이, 이런…….."

극천이 말을 걸어왔으나, 사현의 시선은 비단에 고정된 채 움직일 줄을 몰랐다. 그리고 그런 사현을 향해 사내가 간교한 웃음을 흘리며 말했다.

"혹시 이자를 기억하시오, 맥성주?"

사현이 일그러진 표정을 풀지 못한 채 고개를 들었는데, 사내의 뒤에서 한 장수가 모습을 드러냈다. 그런데 그를 발견한 사현이 으르렁거리며 분노하기 시작했다.

"너, 너 이놈……."

"또 뵙습니다, 성주님. 연나부의 구패(具浿)라 합니다."

그리고 극천 역시 그를 알아본 모양이었다.

"너는 그때 그 전령이 아닌가!"

"알아봐주시니 영광이옵니다."

사현이 요동으로의 진군을 결정하기 전에 사현이 태왕의 밀지라고 생각했던 서신을 전달했던 전령, 아니, 전령으로 위장했던 구패가 공손히 고개를 숙이며 미소 지었다. 사현은 불타는 시선을 여전히 웃고 있는 사내를 바라보았다. 그리고 조용히 그 사내의 이름을 중얼거리듯 불렀다.

"좌가려(左可慮)… 네놈이 벌인 짓은 아니고, 중외대부의 간계렷다."

"간계라니? 그리고 네놈이라니? 죄인 주제에 말버릇이 고약하구려! 당장 무기를 버리시오!"

"닥치시오! 성주님, 이건 모략입니다. 폐하께서 성주님을 잡아오라는 명령을 내리셨을 리가 없습니다!"

"……."

사현은 더 이상 아무런 말도 하지 않고 좌가려를 쏘아볼 뿐이었다. 금방이라도 무기를 휘둘러 베어버릴 것만 같은 기세에 움찔한 좌가려는 말을 한발짝 뒤로 물리며 한마디를 덧붙였다.

"아, 저항해도 상관없소이다. 아마 내 뒤를 따라 맥성주를 잡아오기 위해 출발한 군사들이 곧 도착할 것이니. 또한 그 군사들을 이끄는 분 역시 맥성주가 잘 아는 사람일 것이오."

"……."

사현이 입술을 꽉 깨물었다.

두두두두두!

그때였다. 사현이 살기를 담은 눈으로 좌가려를 쏘아보던 그때, 저 멀리서 흙먼지를 일으키며 달려오는 한떼의 기병대가 시야에 들어왔다. 그리고 그 부대의 지휘관을 가리키는 깃발은 다름 아닌……

"성주님, 대모달의 깃발입니다!"

고구려의 2왕제이자 대모달, 계수의 것이었다.

"어떻소. 고구려 최고의 장군이자 심지어 그대의 숙부인 대모달과 전투를 치를 생각이오? 조용히 무기를 놓고 투항하는 것이 좋을 것이외다."

"…숙부님."

사현은 처연한 눈으로 맹렬히 달려오는 계수의 기병대를 바라보았다. 그리고 극천은 혹시 모를 상황에 대비해 군사들에게 경계태세를 갖추라는 명령을 내렸다. 그러나 그런 극천을 사현이 말렸다.

"되었다, 극 부장. 무기를 거둬라. 일단 숙부님께 상황을 들을 것이다. 설명해주시겠지."

"성주님!"

"무기를 거두라고 했다."

"…모두 무기를 내려라. 대모달의 부대를 맞이한다."

"예!"

극천이 고개를 떨어뜨리며 병사들에게 명령했고, 그 사이에 계수의 기병대가 사현과 좌가려가 있는 곳까지 당도했다. 그런데 분위기로만 보면 금방이라도 사현을 제압해 밧줄로 묶을 것만 같았던 기병대는 정지하자마자 그에게 절도 있는 군례를 올렸다.

"예맥의 패자를 뵙습니다!"

"아, 그대는……."

그리고 꽤나 익숙한 얼굴이 사현의 눈에 들어왔다.

"오랜만입니다, 성주님. 연구루입니다."

"그렇소이다, 연 장군."

과거 사현이 계수의 부대에 있을 때 함께 종군했던 소형 연구루였다.

"언제 기마대를 이끄는 장수가 되었소? 멀리서 보면 몰라보겠소이다."

"하하하. 성주님께서 비우신 자리를 채울 이가 마땅찮았습니다. 그래서 제가 과분한 소임을 받게 되었습니다. 그동안 건강하셨지요?"

"뭐, 불편할 거야 없었소만 지금은 꽤 불편합니다."

"아……."

연구루가 인상을 찌푸리며 좌가려와 구패를 째려보았다. 그러자 좌가려와 구패가 살짝 움츠러들며 시선을 피했다.

아무리 절로부의 실력자이자 태왕후의 인척인 좌가려라고 할지라도 대모달 계수 휘하의 선봉장을 막대하기엔 조금 부담스러웠던 탓이다.

"곧 대모달께서 오십니다. 자세히 설명해주실 것이니 걱정하지 마십시오."

"숙부님께서는 어디 계신가?"

"바로 저희를 뒤따라 출발하셨습니다. 아마 곧… 아, 저기 오십니다."

연구루가 뒤쪽을 가리켰다. 그리고 곧바로 군사들이 양쪽으로 쫙 갈라지며 은빛 갑주로 무장한 계수가 그 신형을 드러냈다. 고구려 15만을 총괄하는 대모달의 풍모는 주변에 도열한 이들에게 절로 경외감을 품게 할 정도로 당당했다.

"숙부님."

사현은 말에서 내렸다. 그리고 이쪽으로 다가오는 계수의 근처까지 걸어가 군례를 올렸다.

"숙부님을 뵙습니다."

"오랜만이구나, 조카야."

사현이 고개를 들어 계수를 바라보았다.

말 위에서 사현을 내려다보는 계수는 너무도 인자한 미소를 짓고 있었다.

"어찌 이 먼 곳까지 오셨습니까? 뜻을 전하시려면 아랫사람들을 시키셔도 되었을 것인데."

"겸사해서 조카도 볼 겸 하고 온 것이다. 게다가 네가 요새 공을 좀 많이 세워야지. 네 전공으로만 따져본다면 내 자리를 넘고도 남음이 있을 것이다."

"모두 휘하 부하들의 유능함으로 얻어낸 전공입니다. 부끄럽습니다."

"겸손할 줄도 알고. 자자, 이곳에 이러고 있을 것이 아니라 안으로 들어가자. 할 이야기가 많아."

"…예?"

사현이 고개를 갸웃했다. 계수나 연구루의 분위기가 좌가려처럼 그리 험악하지 않았기 때문이다. 그리고 좌가려 역시 뭔가 이상하다는 것을 짐작했는지 소리를 빽 지르며 항의했다.

"대모달! 태왕 폐하의 명을 어길 셈입니까? 죄인 고사현을 포박하여 국내성까지 압송하라는 명령이 있었습니다! 당장 폐하의 명령을 수행하십시오!"

그러자 계수가 사현을 바라보던 고개를 들어 좌가려를

바라보며 나지막이 말했다.

"좌 대가(大家). 나는 지금……."

"대모달! 속히 명령을 수행하십시오!"

"내 이야기를 좀……."

"폐하께서 명령을 내리셨지 않습니까!"

"그러니까……."

"대모달!"

그러나 좌가려는 계속해서 계수의 말을 끊으며 사현을 체포할 것만을 종용했다. 그러자 처음에는 웃으며 대화를 하려던 계수의 이마에도 주름이 오르기 시작했다.

"대가. 내 말을 끊지 마시오. 한번만 더……."

"이러시면 같은 죄로 체포되실 수도 있습니다! 아시겠습니까?"

"……."

거기까지였다. 계수는 더 이상 아무런 말도 하지 않았다. 그리고 조용히 손을 들어올렸다.

처처척!

"이, 이게 무슨 짓이오이까!"

계수의 뒤에 있던 기병들이 일제히 앞으로 말을 몰아 좌가려와 그 일행들을 둘러쌌다.

좌가려는 소스라치게 놀라 목소리를 높였으나, 이전에 계수의 말을 끊으며 항의할 때보다는 그 기세가 확실히 줄

어들어 있었다. 그러자 계수가 여전히 입가의 미소를 유지
하며 말을 이었다.

"내 분명, 내 말을 끊지 말라 했소. 듣지 못하였소?"

"…저, 저는 폐하의 명령을……!"

"이보시오, 대가."

계수가 높낮이 없는 어조로 좌가려를 불렀다. 그러나 그
말투에서 느껴지는 분노와 살기를 정면으로 받은 좌가려
는 아무런 대답도 하지 못하고 눈만 껌뻑거렸다. 계수가
이글이글 타는 듯한 눈을 한 채 말을 이었다.

"지금 그대가 누구에게 소리를 치고 있는지 아는가? 내
가 누구인지는 알고 그런 행동을 보이는 것인가?"

"…….."

"태왕 폐하께서도 내가 말하고 있는 도중에 그대처럼 끊
고 들어오시지는 않는다."

"…….."

창!

계수의 검이 뽑혀 공중으로 들어올려졌다. 그리고 검끝
이 좌가려를 향했다.

"내 말을 제대로 들어먹지 못한 것만으로 그대는 내 검을
받을 수 있음을 명심하라. 태왕후 마마의 인척이면 인척이
지, 그 지위가 가진 힘이 내게까지 올 수는 없다는 걸 잊지
말아야 할 것이다."

'아차!'

좌가려의 이마에서 식은땀이 흘러내렸다. 눈엣가시 같던 예맥의 패자를 끌어내릴 수 있다는 생각에 고무되어 넘어서는 안 될 선을 자기도 모르게 넘어버린 것이다.

"…예, 예……."

좌가려는 이빨을 딱딱거리면서 간신히 대답을 하고 고개를 숙였다. 계수가 검을 뽑아 자신을 향해 겨눌 때, '정말로 저 칼에 맞아 죽을 수도 있겠다'하는 생각이 들 정도로 공포에 빠졌다. 그리고 그 시점에 딱 맞추어 사현이 둘 사이로 끼어들었다.

"그쯤 하시지요, 숙부님. 저치는 전쟁터에서 검 한번 휘둘러본 적 없는 샌님일 뿐입니다. 그렇게 겁을 주시면 말의 등이 젖을 수도 있습니다."

"뭐라? 으하하하하하!"

재치 있는 사현의 만류에 계수가 검을 내리는 것조차 잊고 대소했다.

좌가려는 수치심에 얼굴을 붉혔으나 그 분을 풀 방법이 없었다. 그리고 잠시 후, 한참동안 웃던 계수가 얼굴에 웃음기를 싹 지우더니 날카로운 눈빛으로 좌가려를 바라보며 말했다.

"앞으로 조심하시오, 대가. 난 그대가 아니라 이 고구려의 국상이라 할지라도 내 앞에서 함부로 행동하는 이는 용서할 생각이 없소이다. 알겠소?"

"…알겠습니다."

"좋소. 자, 사현아. 일단 안으로 들자꾸나. 격렬한 전투를 하고 왔을 텐데, 병사들도 좀 쉬게 해주어야지."

"네, 숙부님. 극 부장은 군사들을 이끌고 복귀하도록 하라. 아쉬운 전투였으니 군사들을 위로하는 것도 잊지 마라."

"그리하겠습니다."

극천이 군사들을 지휘해 군영으로 복귀하기 시작했고, 사현은 말에 다시 올라 계수를 안내했다.

* * *

쾅!

"뭐라! 그 상황에 군사들을 돌렸단 말이냐!"

"퇴각 명령을 알리는 북이 울려……."

"한심한 놈 같으니! 아무리 그렇다고 함락 직전에 말머리를 돌려? 그 상황에선 후퇴하는 것이 더 위험할 수 있음을 몰랐단 말이냐!"

"……."

계수가 사현에게 고래고래 소리를 지르고 있었다. 좌가려가 울린 북소리에 성 함락을 목전에 둔 채로 후퇴한 것을 책하고 있는 것이었다.

사현 입장에서는 억울한 상황이었으나 일단 틀린 말을 듣는 것은 아니었으므로 별다른 변명을 하지 않았다. 그리고 계수의 분노는 사현에게만 쏟아진 것이 아니었다.

"좌 대가! 그대는 무장은 아니라 할지라도 병법서 정도는 읽어보았을 텐데 그 상황이 얼마나 유리했는지조차 판단할 능력이 없었던 것인가! 조금만 그대로 두었더라면 저 성이 우리 고구려의 영토가 될 수도 있었다! 도대체 무슨 생각으로 그런 짓을 한 것이냐 말이야!"

"대모달, 태왕 폐하께서는……."

"태왕 폐하께 직접 명령을 받은 것은 나다! 태왕 폐하의 명령이 무엇인지도 모르면서 태왕 폐하의 심중을 마음대로 짐작하지 말라!"

"……."

"본진을 지키던 장수가 누구인가!"

"소장, 백장(百將) 소실상규(小室想葵)이옵니다."

"네놈은 전장을 모르는 서생이 와서 군대를 퇴각시키라 한다고 정말 북을 쳤단 말이더냐!"

"대모달, 그것은……."

"소상히 고해야 할 것이다!"

계수의 분노는 하늘을 찌를 듯했다. 계수 역시 고구려의 장군으로서 저 양평성을 함락시키고 더 나아가서는 전 요동을 고구려군의 말발굽 아래 두는 것을 평생의 업으로 삼았던 사람이었다. 그런데 양평을 함락시킬 수 있는 기회가 왔는데 한사람의 오판으로 날려버렸으니, 땅을 치고 통곡할 일인 것이다.

소실상규는 계수의 분노를 한몸에 받아 부들부들 떨면서도 용케 당시의 상황을 적절히 보고했다.

"그, 그것이… 분명히 좌가려 대가께 제대로 설명을 드렸사옵니다. 전날 한나라군이 야습해온 것을 반격하여 격멸하였고, 성 안에 남은 군사가 얼마 되지 않으므로 조금만 기다리면 함락시킬 수 있으니 퇴각 명령을 내리는 것을 조금만 기다려달라……."

"그래서!"

"그런데 좌가려 대가께서 함락이 되어서는 아니 된다며, 함락되기 전에 퇴각을 시켜야 한다고 하시며……."

"네 이노오오옴!"

좌가려가 큰소리로 외치며 자리에서 일어났다.

이 분위기에 저 말을 계수가 들으면 자신의 목이 성할 것이라 장담할 수가 없었기 때문이다. 그러나 좌가려의 연약하기 그지없는 고함은 이미 계수에 대한 공포로 눈과 귀가 가리어 있는 소실상규의 말을 멈출 수가 없었다.

"소장은 그 후로 세번을 더 만류하였사옵니다. 그러자 좌가려 대가께서 검을 뽑아 제 목에 겨누시며, 당장 치지 않으면 벤 후 직접 치겠다 하셨사옵니다. 하여 어쩔 수 없이 북채를 들었사옵니다."

"네 이놈! 어디서 거짓을 고하느냐! 대모달, 아닙니다. 저자의 말을 믿으시면 안 됩니다! 저는 그런 행동을 한 일이 없습니다!"

"…틀림없으렷다?"

"소장, 개국공신 묵거 공의 후손으로서 언제나 자부심을 갖고 살아왔나이다. 입에 거짓을 담지 않았다는 것에 그것을 걸겠나이다!"

"아닙니다, 아닙니다! 절대 아닙니다!"

"……."

양쪽의 말을 계속 듣던 계수가 탁상 위에 주먹을 올려놓으며 눈을 감았다. 깊은 고민에 잠겼을 때 나오는 버릇이었다. 그리고 그와 동시에 좌중은 침묵으로 물들었다.

"흐음……."

잠시간 침묵이 흐른 후, 계수가 주먹으로 탁상을 통통 두드리며 눈을 떴다. 그리고 입을 열었다.

"일단… 일단 사현이 너는 나와 함께 국내성으로 가야겠구나."

"숙부님, 지금 양평은 여력이 없습니다. 지금이 기회입니다. 시간을 주게 되면 북평의 공손찬이 요하를 건너 양평을 장악할 겁니다. 그럼 이후에는 기회가 영영 멀어질지도 모릅니다!"

"이해한다. 그렇지만 어쩌겠느냐. 태왕 폐하께서 널 국
내성으로 불러들이신 것은 사실이니. 내 세상에 두려울 것
이 없으나 태왕 폐하의 명령만큼은 두려워한다. 내가 도착
하기 전에 네가 양평을 점령하였다면 문제될 것이 없겠으
나……."

거기까지 말한 계수가 좌가려를 쏘아보았다. 계수의 살
기 어린 시선을 받은 좌가려는 움찔하며 식은땀을 흘렸다.

"어쨌든, 기회는 나중으로 미루자꾸나. 그리고 좌 대
가."

"예, 예… 대모달."

"이 일은 국내성에 돌아가는 대로 따로 묻겠소. 태왕 폐
하께 상세히 고해 올릴 테니, 그 이후론 대가가 알아서 하
시오. 그 잘난 뒷배를 이용하시든가 아니면 뱀처럼 잘 나
불거리는 세치 혀를 이용하시든가."

"대, 대모달! 그것은 너무—"

"왜, 아직 할 말이 남았소?"

계수의 번뜩이는 눈빛이 좌가려를 옭맸다.

"아, 예, 예……."

좌가려는 결국 고개를 숙이며 기어들어가는 목소리로 대
답할 수밖에 없었다. 그러자 계수가 자리에서 일어나며 선
포했다.

"자, 전군에 퇴각 명령을 내려라. 여기까지 한 것만으로도 저 오만한 한나라 놈들에게 우리 고구려군의 공포를 각인시켜줄 수 있었을 것이다. 다들 대단한 전공을 세웠으니, 회군 후 충분한 포상이 있을 것이다."

"……."

"……."

극천을 비롯한 예맥의 장수들은 모두들 입술을 꽉 깨물고 있었다. 양평성이 손에 다 들어왔었는데, 어처구니없는 이유로 인해 놓아버려야 한다는 사실에 대한 원통함이 그들로 하여금 쉽사리 대답을 하지 못하게 하고 있었다. 그리고 계수 역시 그들의 심정을 이해한다는 듯 '회군한다'는 한마디를 덧붙인 후론 아무 말 없이 다시 자리에 앉았다. 그리고 한참동안 가만히 있던 사현이 극천에게 명령했다.

"…극 부장, 퇴각 준비를 시작하라."

"성주님."

"대모달의 명령을 듣지 못하였는가? 이는 곧 태왕 폐하의 뜻이기도 하다."

"예. 알겠습니다."

극천은 시무룩한 대답을 내놓은 후 자리에서 일어났다. 그런데 그때, 밖을 지키던 병사 하나가 부리나케 뛰어 들어왔다.

"대모달, 대모달께 아뢰옵니다!"

"무슨 일이냐?"

자리에서 일어났던 극천이 의아한 눈을 한 채 물었다. 계수 역시 고개를 그쪽으로 돌렸다. 그리고 병사의 입에서 나온 말을 듣고 자리에서 벌떡 일어났다.

"지금 한나라군이 이끄는 군사들이 이곳 본영을 급습해왔사옵니다!"

"뭐라! 한나라군!"

"대군이옵니다! 수백기의 백마기병이 그 선봉에 있사옵니다!"

"백마기병?"

계수가 눈을 크게 떴다. 그리고 사현이 입을 열었다.

"공손찬인 모양입니다. 이렇게 뒤통수를 칠것을 예상해서 성을 빨리 점령하려 했던 것인데……."

까득!

사현의 이가 갈리는 소리가 들려왔다.

"적의 수는 파악되었는가?"

"적어도 5천은 되어 보였사옵니다! 하나 제대로 파악하지는 못했사오니, 정확하지는 않사옵니다!"

"장수들은 무얼 하는 것인가! 당장 나가서 적들을 맞으라! 건방지게 공격해오는 한나라 놈들에게 본때를 보여주란 말이다!"

"예, 대모달!"

장수들은 우렁차게 대답한 후 자리에서 벌떡벌떡 일어났다.

"그대들이 방금까지 품고 있던 울분을 지금 저 한나라 놈들에게 푸는 것이다. 알겠는가!"

"예, 대모달!"

장수들은 사기충천하여 막사에서 우르르 몰려나갔다. 사현 역시 장사모를 움켜쥐고 자리에서 일어났다. 그리고 막사를 나가던 도중 좌가려와 구패의 뒤에서 멈춰 서서 말했다.

"보시오, 좌 대가. 그대의 어리석음이 결국 이런 결과를 가져온 것이외다."

"이익……."

좌가려가 분노로 가득한 얼굴을 사현 쪽으로 급히 돌렸으나, 이미 사현은 막사 밖으로 나선지 오래였다.

＊　＊　＊

전날 밤. 요택을 방어하(는 척을 하)던 서부도위 선단의 군사들과 합류한 공손찬의 군사들은 느릿느릿 양평성을 향해 진군하고 있었다. 사현의 고구려군과 경추의 요동군 군사들의 힘을 적절히 빼놓고 최종적으로 둘 다 쳐버릴 셈이었다.

그래서 공손찬은 쉬지 않고 진군하면 날이 밝을 때쯤 양평에 도착할 수 있었음에도 본래 약속되어 있던 시일을 한참 넘어서 양평성에 도착할 생각이었다.

병사들은 편히 쉬게 했으며, 날이 밝을 때까지 최대한 정비 시간을 주기로 했다. 그러나 그런 공손찬의 다짐을 한순간에 흔들어버리는 급보가 도착했다.

"장군, 장군! 급보이옵니다!"

"무슨 일이냐?"

부장 하나가 급히 뛰어 들어오며 외쳤다. 별다른 생각 없이 무슨 일이냐 물었던 공손찬은 뒤따라 들려오는 보고를 듣고 사색이 되고 말았다.

"요동태수가 성문을 열고 나가 고구려 군영에 야습을 가했다가 대패하고 수천의 군사를 잃었다 하옵니다!"

"뭐, 뭐라!"

공손찬은 벌떡 일어나 외마디비명을 질렀다. 그리고 거친 숨을 몰아쉬고 있는 부장에게 다가가 마구 다그치기 시작했다.

"뭐냐, 무슨 일이 있었던 것이야! 요동태수는! 공손강은 어찌 되었다더냐!"

공손찬의 외침에 기가 질려 버린 부장은 슬며시 뒤를 돌아보았다. 그리고 그때 막사의 입구가 슬며시 걷히더니 온몸에 피 칠갑을 한 장수 하나가 들어왔다.

"고, 공손강……."

"면목 없습니다, 장군."

"무슨 일이 있었던 것인가! 요동태수가 대패했다는 것이 사실인가?"

"……."

"답답하구만! 어서 이야기를 해보란 말일세! 이자가 하는 말이 사실인가?"

"그렇…습니다. 제가 이 부장에게 말을 전한 것입니다. 양평에서 저 혼자 빠져나왔습니다."

"하아……."

공손찬이 길게 한숨을 내쉬었다. 그러자 공손강이 갑자기 무릎을 꿇으며 외쳤다.

"장군! 죄송합니다! 제가 일을 망쳤사옵니다!"

"…자네가 잘못한 것이 뭔가. 요동태수가 아둔하여 잘못된 선택을 한 것이지."

"드릴 말씀이 없습니다."

"자네 잘못이 아니래도 그러네. 자네 부친은 어찌 되셨는가? 수천의 군사가 나갈 정도로 대대적인 작전이었다면, 자네 부친 정도 되는 무장이라면 반드시 차출되었을 것인데."

"다행히 무사히 퇴각하시어 양평을 지키고 계십니다. 요동태수가 중상을 입어, 태수 대행을 맡으셨습니다."

"이런… 자네 부친은 자네와 나와의 일을 모르지 않나. 성문을 그냥 열어주겠는가?"

"그땐 제가 아버지께 말씀드리도록 하겠습니다. 어차피 아버지께서도 요동태수에 대한 불만이 많으셨으니 별문제는 없을 겁니다."

"그땐 자네에게 맡기겠네. 어쨌든 고된 전투였겠구만. 고생했네."

"아닙니다."

"고구려군은 어땠습니까, 공손 현위?"

공손찬이 공손강을 위로하고 있는데, 관정이 질문을 던져왔다.

"고구려군과 맞붙었을 게 아닙니까? 고구려군은 어떻습니까? 강합니까?"

"아……."

"군사, 방금까지 피 튀기는 전장 한가운데에 있던 사람일세. 질문은 나중에 여유가 생기면 하도록 하세."

"아닙니다. 지금 공손 현위의 대답 여하에 따라 지금 바로 막사를 걷어야 할 수도 있습니다. 질문을 허락해주십시오."

"어허……."

"장군, 대답하겠습니다. 군사의 말씀대로 지금 바로 막사를 걸으셔야 합니다."

"뭐라?"

공손찬이 크게 놀라며 되물었다. 그러자 공손강이 자리에서 일어나 말했다.

"고구려군은 강합니다. 분명히 낌새를 보이지 않고 공격을 감행했는데도 눈 깜짝할 사이에 전열을 가다듬어 반격을 해왔습니다. 특히나 맥성 성주 고사현이 이끄는 철갑기마대는 고작 수백으로 3천이 넘는 주력부대를 일망타진하기도 했습니다."

"그 정도란 말인가……."

"간밤에 고구려군이 죽인 요동군의 수만 해도 3천에 다다릅니다. 양평에 남은 군사의 수는 2천도 되지 않는다는 뜻입니다. 그리고 이건 고구려군도 잘 알고 있을 것입니다. 그럼 날이 밝는 대로 성을 공격할 가능성이 큽니다. 만약 장군의 군사들이 도착하기 전에 고구려군이 성을 점령한다면, 양평을 수복할 방법이 영영 없어질지도 모릅니다. 군사의 말씀이 맞습니다, 장군."

"으음……."

"장군, 공손 현위의 말대로 지금 곧장 군사들을 출발시켜야 합니다. 더 늦었다가는 그저 고구려에 좋은 일만 시켜준 꼴이 될 수도 있습니다. 우리가 북평에서 출병했기 때문에 선 도위의 군사들이 양평에 합류하지 못했고, 그로

인해 고구려군의 전투가 편해졌습니다. 이렇게 아무것도 얻지 못하고 돌아갈 수는 없지 않습니까?"

관정이 강한 어조로 조언했다. 공손찬은 여전히 고민에 빠져 있었다. 그러나 그의 눈빛은 점차 또렷해졌다. 그리고 잠시 후, 그의 입이 열렸다.

"문칙."

"예, 장군."

"부장 하나를 남겨 군막과 군량을 정리해 따라오게 하라."

"장군, 그 말씀은……."

"그래. 지금 바로 양평을 향해 진군한다. 개인 무장과 갑옷 그리고 한끼분의 식량만 지참하게 해서 준비시켜라."

"예, 장군!"

공손찬의 휘하 장수들이 우렁차게 대답하며 자리에서 일어났다.

* * *

그리고 공손찬의 군사들이 양평에 도착했을 때는 고구려군이 함락 직전에 물러났을 때였다. 도착하기 전 정찰병을 통해 '양평이 함락되기 직전이다' 또는 '성벽 위가 고구려군으로 가득 찼다' 등의 소식을 들었을 때까지는 모두가 절망에 빠졌다. 그러나 갑자기 '고구려군이 퇴각한다'는 보고를 받고는 어리둥절해 있는 상태였다.

"도대체 왜 퇴각을 한 것일까. 들어오는 보고들로만 봤을 땐 지금쯤 함락되었다는 보고가 들어와도 이상하지 않았는데."

"잘은 모르겠습니다. 하나 우리에게 나쁠건 없지 않습니까?"

"그렇긴 하지만… 일단 가보세. 공손 현위. 자넨 부친을 설득할 준비를 하고."

"그렇게 하겠습니다. 어차피 아버지께서도 원군이 필요하실 겁니다. 설득하는 것이 어렵지는 않을 듯합니다."

"알았네. 자, 계속 행군한다!"

공손도는 고구려군 군영의 반대편에서 진군해오는 공손찬의 군사들을 발견하고, 또 제일 앞에서 다가오는 공손강을 보자마자 전의를 상실하고 성문을 열어버렸다.

공손찬의 군사들은 물밀듯 양평성 안으로 들어가 성을 장악하고, 아직 의식을 되찾지 못한 경추의 목을 베어버렸다.

"공손도 장군, 장군의 명성은 익히 들어 알고 있소. 내 양평의 현령직에 장군을 천거할 것이오. 앞으로 날 좀 잘 도와주시오."

"…받아주시니 감사할 따름입니다."

공손도는 태수의 자리에 앉아 거만한 태도를 취하고 있는 공손찬에게 무릎을 꿇고 충성을 맹세할 수밖에 없었다. 그리고 지금까지 이곳에서 있었던 일들을 설명하기 시작했다.

"…하여, 이유는 알 수 없으나 퇴각한 상태입니다. 언제 다시 공격해올지는 모르나, 정탐병을 보내 확인한 바에 따르면 한 무리의 기병대가 군영에 도착했다고 합니다. 그리고 적장 고사현이 말에서 내려 군례를 취했다고 하니, 그보다 더 높은 고위인사가 도착한 것이 아니겠습니까."

그러자 공손도의 말을 들은 관정이 입을 열었다.

"그렇습니까? 그렇다면 놈들의 내부에서 문제가 생긴 것일 수도 있겠습니다."

"내부라니? 군사는 알아듣게 설명하라."

"예, 장군. 제가 알기로 고구려 맥성의 성주는 전 태수 경추의 군사를 빌려 고구려에 반란을 일으켰던 반역자 발기(拔奇)의 아들입니다. 물론 그 반란에 가담하지 않고 오히려 진압군에서 공을 세웠기에 처벌은 면했으나, 반역자의 아들이라는 낙인 때문에 조정에서 밀려나 맥성으로 온 것입니다."

"그런가? 거기까진 몰랐군. 그래서?"

"맥성 성주는 무능한 경추를 제물로 수많은 전공을 올렸습니다. 저희가 있던 북평까지 그 맥성의 전귀라는 이름이

274

들려올 정도니 오죽하겠습니까? 그럼 생각해보십시오. 반역자의 아들입니다. 세상에 어떤 이가 반역자의 아들이 공신이 되는 것을 좋아한답니까? 분명 견제하는 이가 있을 겁니다."

"그럴듯하군. 계속하라."

"고구려의 입장에서 이곳 양평을 점령하면 요하와 요택을 중심으로 하는 아주 강력한 국경방어선을 구출할 수 있고, 뒤이어 요동 전역을 장악할 원동력을 얻게 됩니다. 그러니 양평 점령이라는 것은 현재 고구려의 상황에서는 가장 큰 전공이랄 수 있지요. 그러니 고구려 조정에서는 적장이 이곳을 점령하는 것을 막을 필요가 있습니다."

"그럼 왜 애초에 공격 자체를 막지 못했단 말인가?"

"독단이었거나 고구려왕의 밀지를 받았거나 뭐, 경우는 여러 가지를 생각할 수 있습니다. 그러나 고구려왕이 군사까지 동원하며 공격을 막은 것을 보면 독단이라고 보는 것이 더 합당하겠지요."

관정의 말은 이치에 어긋나는 것이 없었다.

합리적이었고, 이런 분야에 있어서는 문외한이라고 볼 수 있는 문칙마저도 고개를 끄덕일 정도로 뛰어난 언변이었다. 그리고 관정은 여기에 한발 더 나아가 이런 제안까지 했다.

"지금 성문을 열고 나가 저들을 공격하는 것이 어떻겠습니까?"

"저들을 공격하잔 말인가? 그러나 수는 아직 저들이 더 많네. 굳이 수성의 이점을 포기할 이유가 있겠는가?"

"만약 제 가설이 맞다면 저들은 그냥 돌아갈 가능성이 높습니다. 양평이 함락되는 것을 막기 위해 군사까지 파병했는데, 다시 공격해올 리 만무합니다. 만약 그렇다면, 눈앞에 있는 성을 함락하기 직전까지 갔던 맥성 성주의 군사들은 어떻겠습니까? 그 사기가 온전하겠습니까?"

"확실히 군사들의 사기는 말이 되지 않겠구만. 다 잡았던 승리를 놓쳤으니 말이야."

"바로 그겁니다. 전쟁은 군사들의 머릿수로 하기도 하지만, 그보다 더 중요한 것은 싸움에 임하는 군사들의 사기입니다. 사기충천한 군사들은 상대의 수효가 열배이건 스무배이건 상관하지 않고 승리를 가져옵니다. 장군, 지금이 천기입니다. 만약 고구려군마저 일망타진할 수만 있다면, 이곳 요동에서 장군의 힘을 부정할 이는 없을 것입니다."

공손찬은 잠시 고민하다가 이내 결정을 내렸다.

"좋다. 성문을 열어라. 총공격이다!"

"예, 장군!"

장수들이 일제히 자리에서 일어났다. 공손도와 공손강도 따라 일어났는데, 공손찬이 그런 그들을 막아섰다.

"공손 현위, 부친을 모시고 이곳에 남도록 하게."

"예?"

"무슨 말씀이십니까, 장군? 저와 강이만 이곳에 남으란 말씀이십니까?"

"공손 현령, 현령은 전날에 이어 오늘도 고구려군과 격전을 치르셨소이다. 좀 쉬시는 것이 좋을 것이오. 공손 현위, 자네 역시 마찬가지네. 그리고 여기서 빠진다 하여 둘의 전공이 줄어드는 것은 절대 아니니 걱정하지 말고. 공손 현령, 내 말대로 하시오. 아시겠소?"

"…알겠습니다."

"그럼, 이곳을 잘 부탁하오."

공손찬은 씨익 웃어보이고는 태수전을 나섰다. 그리고 곧 태수전에는 공손도와 공손강, 둘만 남게 되었다. 그러자 공손강이 먼저 입을 열었다.

"아버지."

"언제부터였더냐."

"예?"

"언제부터 공손찬 장군과 내통하고 있었던 것이냐?"

"…공손찬 장군이 북평에 부임하면서부터입니다."

"꽤 되었구나. 그간 내게까지 숨겨야 했을 이유가 있었느냐?"

"아버지께서는 이런 것에 어울리지 않으신다고 생각했

습니다. 모시던 주군을 배반하고 다른 주군을 섬기는 것, 지키던 성을 적군에게 내어주는 것, 이것들을 위해 숨을 죽이고 엎드려 있는 것. 아버지께 말씀드렸더라면 정신적으로 너무 힘이 드셨을 것이라 생각되어…….”

“알았다.”

“아버지. 제가…….”

“알았다고 했다.”

공손도가 손을 내저으며 말을 이으려 하는 공손강을 제지했다.

“공손소가 네게 한 짓을, 네가 당했던 치욕을 내가 아는데 어찌 널 비난하겠느냐. 게다가 날 생각하여 말하지 않은 것이니 내가 네게 고맙다고 말해야 할게다. 자책하지 마라. 그리고 모든게 잘 풀리지 않았느냐?”

“…아직 끝나지 않았습니다.”

“뭐라?”

공손도가 화들짝 놀라며 물었다. 그러나 공손강은 별다른 설명을 하지 않은 채 이렇게 말할 뿐이었다.

“아버지께서는… 끝까지 아무것도 모르신 채로 계시면 됩니다. 아버지께선 언제나 곧은 분이셔야 하고, 정의로우셔야 합니다. 모든건 제가 하겠습니다. 제가 모든걸 안고 가겠습니다. 아버지께선 공이와 함께 이곳 양평을 잘 다스리시면 됩니다. 절 믿어주십시오, 아버지.”

"…강아. 너나 공이나 똑같은 내 아들이다."

"그렇지만 저는… 아버지나 공이처럼 선하게 타고나질 못했습니다. 제가 아버지의 자리를 이어받는다면 제 통치를 받을 백성들이 고통받을 것입니다."

"강아……."

공손도가 공손강을 향해 손을 뻗었다. 그러나 공손강은 고개를 흔들어 손을 피해내고 말했다.

"아직 일이 끝나지 않았습니다. 기다려주십시오, 아버지. 반드시 우리 집안을 공손씨들 중 가장 으뜸가는 가문으로 세워 보일 것입니다."

"……."

공손강이 결연한 목소리로 외쳤다. 그러나 공손도는 그런 아들을 안타까움 가득한 눈으로 바라볼 뿐이었다.

＊　＊　＊

"동쪽으로 기병대가 들이친다! 궁수는 동쪽을 조준하라! 개마기병은 정면으로 치고오는 적의 본대를 유린하라! 연소형은 나와 함께 적진을 우회해 배후를 친다!"

"예, 대모달!"

계수가 목이 터져라 여기저기 명령을 내렸고, 곧 자신도 말을 몰아 전장으로 향했다. 그리고 사현은 그때가지 가만히 있다가 극천에게 말했다.

"극 부장, 대모달의 명령을 기억하는가?"

"예, 성주님."

"그대로 움직인다. 개마기병을 준비시켜라."

"알겠습니다."

극천이 빠르게 주변 부장들에게 명령을 내렸고, 차 한잔
을 마실 정도의 시간이 지나자 사현과 극천의 뒤에 5백의
개마기병들이 집결했다.

"명령은 전달받았을 거라 믿는다. 우리는 이곳으로부터
정면으로 치고 들어가 군영의 정문으로 나간다. 준비!"

처처척!

사현의 짧은 임무 지시와 준비 신호가 떨어지자 기병들
이 기다란 창을 앞으로 내밀었다.

"성진(成陳)!"

그리고 또 다른 지시가 떨어지자마자 기병들의 대열이
삼각형의 모양으로 변해갔다. 전날 경추의 군사들을 유린
했던 바로 그 진형이었다.

"돌격!"

두두두두두!

그들에게서는 아무런 함성도 들려오지 않았다. 그저 갑
주와 마갑을 번쩍이며 앞으로 돌진해나갈 뿐.

"어……?"

고구려군 군영 안으로 들어와 맹렬히 전투를 벌이고 있던 한나라 군사들은 한창 싸움을 하던 도중 느껴지는 미세한 진동에 고개를 갸웃했다. 그런데 그때에 맞춰 그들과 싸우던 고구려 군사들이 일제히 뒤로 물러났다.

그러자 군영의 중심부에는 한나라 군사들만이 남게 되었고, 그와 동시에 진동이 더욱 커지기 시작했다. 그리고 그들 중에서도 이곳을 향해 달려오는 사현의 개마기병들을 발견하는 이가 생겨났다.

"저, 저게 뭐냐!"

"철갑기마대다!"

"서량에서나 볼 수 있다는 철갑기마대가 이곳에 나타나다니!"

"피, 피해라!"

그러나 그들의 판단은 거기까지였다. 이후 그들이 피하기 위해 몸을 움직이는 그 시점에서 개마기병들은 이미 한나라군의 지척에까지 도달해 있었으니까.

"돌파!"

사현의 고함소리가 울려퍼졌다. 그리고 바로 다음 순간, 5백여명의 개마기병이 한나라군의 무리를 반으로 갈라놓기 시작했다.

＊　＊　＊

"저… 저게 무엇인가! 가능한 것인가? 무겁디무거운 철갑을 걸치고 어찌 저렇게 빠르게 움직일 수가 있느냔 말이야!"

사현이 이끄는 개마기병들이 군영 안으로 침입한 한나라 군을 유린하던 그 시각, 백마기병을 이끌고 동쪽을 들이쳤던 공손찬은 잠시 물러났다가 믿을 수 없는 광경을 목격하고는 입을 떡 벌렸다.

"저렇게 선회를 할 수 있다고? 철기대가?"

기수는 물론, 말에까지 마갑을 걸친 철갑기마대의 위력이 강력한 것은 공손찬 역시 알고 있었다. 오환과 전쟁을 하던 도중 공손찬 역시 철갑기마대 조직에 대해 생각을 해보지 않은 것은 아니었으니까.

그렇지만 금방 포기했던 이유는 철갑기마대의 특성상 재빠른 움직임이 어렵고, 한번 돌파가 끝나면 다시 전열을 재정비하는 데에 너무나 긴 시간이 걸린다는 것이다.

그러니까 파죽지세로 돌파하여 적의 예기를 끊는 데는 매우 강력한 무기이지만, 그 돌파가 끝나거나 만약 실패로 돌아간다면 그 귀한 철기대가 몰살당하는 것은 순식간이었다.

그래서 기마술에 매우 능숙한 서량에서나 철기대를 조금씩 육성할 뿐, 다른 곳에서는 오히려 그 비용을 공성병기를 만들거나 성을 조금 더 높고 견고하게 축성하는 데에 사용했다. 그런데 지금 공손찬의 눈앞에서 한나라군을 유린하는 저 철기대는 그의 상식과는 전혀 다른 곳에 있는 것 같았다.

한번 돌파를 한 후, 정확히 다섯 호흡 만에 기수를 완벽하게 돌려 다시 돌파했던 길로 달려간다. 그리고 비워졌던 길을 새로 메운 적들을 또다시 베어 넘긴다. 그리고 또한…….

"저자는 누구인가?"

"누구를 말씀하십니까?"

"저기 저, 제일 앞에 있는 자. 기이한 모양의 무기를 쓰는군."

"날이 뱀처럼 구불구불한 것이, 저 무기가 소문으로만 듣던 사모가 아닌가 싶습니다. 맥성의 성주가 사용하는 무기라고 하지요. 역시나 용맹이 뛰어납니다."

"……."

어느새 뒤로 따라붙어 있던 관정의 평가를 들으며 공손찬이 침묵에 빠졌다.

'내가 지금 저자와 맞붙으면 이길 수 있을 것인가.'

나름대로 오환족에게는 공포의 대상 소리를 듣는 공손찬이다. '백마장군 공손찬'하면 동북 평원지대의 오랑캐들은 마지막 '—손찬' 소리가 나오기도 전에 냅다 내빼고는 했다. 그 정도로 공손찬의 용맹이 널리 알려져 있다는 뜻이다.

그러나 지금 공손찬은 이제 스물둘이 된 젊은 장수가 싸우는 모습을 보고, 과연 그와 싸워 이길 수 있을 것인가에 대해 심각하게 고민하고 있었다.

"장군, 장군!"

"어, 어? 아, 부르셨소, 군사."

"백마기병의 진입 시점을 조금 앞당겨야 할 것 같습니다. 저 철기대를 막아야 합니다. 적은 수라곤 하지만 저렇게 활개를 치게 두면 우리의 계획에 차질이 생깁니다."

"알았소. 백마기병은 나를 따르라!"

공손찬은 명령을 내리면서도 속으로는 진땀을 흘리고 있었다.

이제 곧 저 철기대와 맞붙게 될 것이고, 그러면 저 철기대의 수장인 고사현이라는 자와 싸우게 될 가능성이 컸다. 그리고 공손찬은 그때 자신 있게 무기를 들고 달려들 수 있을 것인가에 대해서 또다시 고민에 빠졌다.

"장군, 명령을!"

그러는 사이 백마기병이 고구려 군영의 정문 앞까지 당도했고, 뒤를 따르던 문칙이 돌격 명령을 요청했다. 그러자 공손찬이 상념에서 깨어나 창을 높이 들었다.

"전군! 돌격하라!"

284

와아아아!

공손찬이 자랑하는 '백마의종(白馬義從)'이 그 진가를 드러내기 위해 돌진을 시작했다.

공손찬을 필두로 하는 백마기병들은 단숨에 고구려 군영을 들이쳐 고구려군을 전멸시킬 기세로 달려들었다.

"적을 섬멸하라! 오랑캐들을 몰아내라!"

"공격하라!"

문칙을 비롯한 장수들이 목청껏 기병들을 독려하며 그 속도를 높였다. 그리고 만약 이 속도가 그대로 유지될 수만 있다면, 저런 허술한 진영 따위는 단숨에 무력하게 무너져버릴 것이다.

"으음······?"

그런데 신나게 말을 달리던 공손찬이 뭔가 발견한 듯 미간을 좁혔다. 그리고 옆에서 문칙이 말을 걸어왔다.

"장군! 아까 보셨던 고구려 철기대이옵니다!"

군영 안팎을 헤집으며 한나라군을 괴롭히던 그 고구려 철갑기마대가 백마기병들을 발견했는지 대적하기 위해 뛰어나온 것이다. 그러나 돌격을 시작하기 전에 보았던 것처럼 그 수는 얼마 되지 않아 보였다.

"저들은 수가 얼마 되지 않는다! 우리가 멈출 이유가 없다! 그대로 밀어붙여라!"

"예, 장군! 더욱 속도를 높여라! 마주치는 놈들을 단숨에

짓밟아라!"

두두두두두!

사현과 개마기병들은 여느 때와 같이 삼각대형을 이루어 달렸다.

그들은 별다른 대화도 없었다. 그저 자신의 자리를 고수하며 달려드는 적을 간단히 쳐내며 달릴 뿐이었다.

'공손찬, 백마의종.'

사현은 오랜만에 가슴이 뛰는 경험을 하고 있었다. 다시 태어난 이후 가장 처음 사모를 들었을 때 이후는 이런 일이 없었는데, 굉장히 신선했다.

한말에 유명했던 '돌기병'의 시초랄 수 있는 백마의종. 너무나도 강력한 나머지 젖을 떼면서부터 말을 탄다는 오환족이 두려워할 정도의 무지막지한 기병대라고 했다.

그래서 사현은 임충으로 살던 시절에도 그 위력이 궁금해 금군 훈련 때에도 비슷한 전술을 이용해 모의전을 한 적도 있었다. 그러나 실제로 보는 것과 같은 수는 없는 노릇이라 그는 살짝 기대하는 마음도 생겼다.

'한번 보자. 얼마나 강한지. 그리고 후대의 발전된 전술과 맞붙었을 때 어떤 반응을 보일지.'

그리고 두 기병대의 거리가 가까워졌을 때쯤, 사현이 오른손에 들린 장사모를 번쩍 들어올렸다. 그러자 극천이 목청을 돋워 외쳤다.

"분(分)!"

사현과 극천이 신호를 보냄과 동시에 개마기병의 삼각대형에 변화가 나타났다. 그리고 그 변화를 목격한 공손찬이 눈을 휘둥그레 떴다.

"아, 아니!?"

〈다음 권에 계속〉

어울림 B O O K S
신인 작가 대모집!

어울림 출판사는 무한한 상상력과 뜨거운 열정을 가진 작가 여러분을 기다리고
있습니다.
창작에 대한 열의가 위대한 작품으로 꽃피울 수 있도록 저희 어울림 출판사가
여러분의 힘이 돼 드리겠습니다.

지금 도전하십시오!

모집 분야 : 판타지, 역사, 무협, 로맨스 등
모집 대상 : 아마추어, 인터넷 작가등 열정을 가진 모든 작가
모집 기한 : 수시 모집
작품 접수 방법 : 당사 네이버 카페 또는 이메일을 이용해 주십시오.

파일 형식은 제한이 없으나 원활한 원고 검토를 위해 '.HWP' 형식
으로 보내주시고, 파일에 연락처도 함께 기재해주시면 됩니다.

채택된 작품은 정식 계약을 통해 출판물로 간행됩니다.
간행된 출판물은 당사의 유통망을 이용하여 전국 서점으로 배포됩니다.
※ 문의 사항은 **네이버 카페(http://cafe.naver.com/oulim0120)를** 이용하시기 바랍니다.

경기도 고양시 일산동구 장항동 731 동하넥서스빌딩 307호
어울림 출판사 신인 작가 담당자 앞
전화 031) 919-0122 / E-mail 5ullim@daum.net